# 猫の街から世界を夢見る

キジ・ジョンスン



猫の街ウルタールの大学女子カレッジに、存亡にかかわる一大危機がもちあがった。大学理事の娘であり学生のクラリー・ジュラットが、“覚醒する世界”からやってきた男と駆け落ちしてしまったのだ。かつて“遠《とお》の旅人”であったカレッジの教授ヴェリット・ボーは、“覚醒する世界”にむかったクラリーを連れもどすため、気まぐれな神が支配し危険な生き物が徘徊する“夢の国”をめぐる長い長い旅に出る。ヒューゴー賞・ネビュラ賞受賞作「霧に橋を架ける」の著者が、H・P・ラヴクラフトの諸作品に着想を得つつ自由に描く、世界幻想文学大賞受賞作。

## 登場人物

ヴェリット・ボー……ウルタール大学女子カレッジの教授
クラリー・ジュラット……女子カレッジの学生
ナシュト……焰の神殿の神官
ランドルフ・カーター……イレク＝ヴァドの王。夢見る人

# 猫の街から世界を夢見る

キジ・ジョンスン
三角和代訳

創元ＳＦ文庫

THE DREAM-QUEST OF VELLITT BOE

by

Kij Johnson

切りこむ自分なりの道を見つけねばならなかったすべての人へ

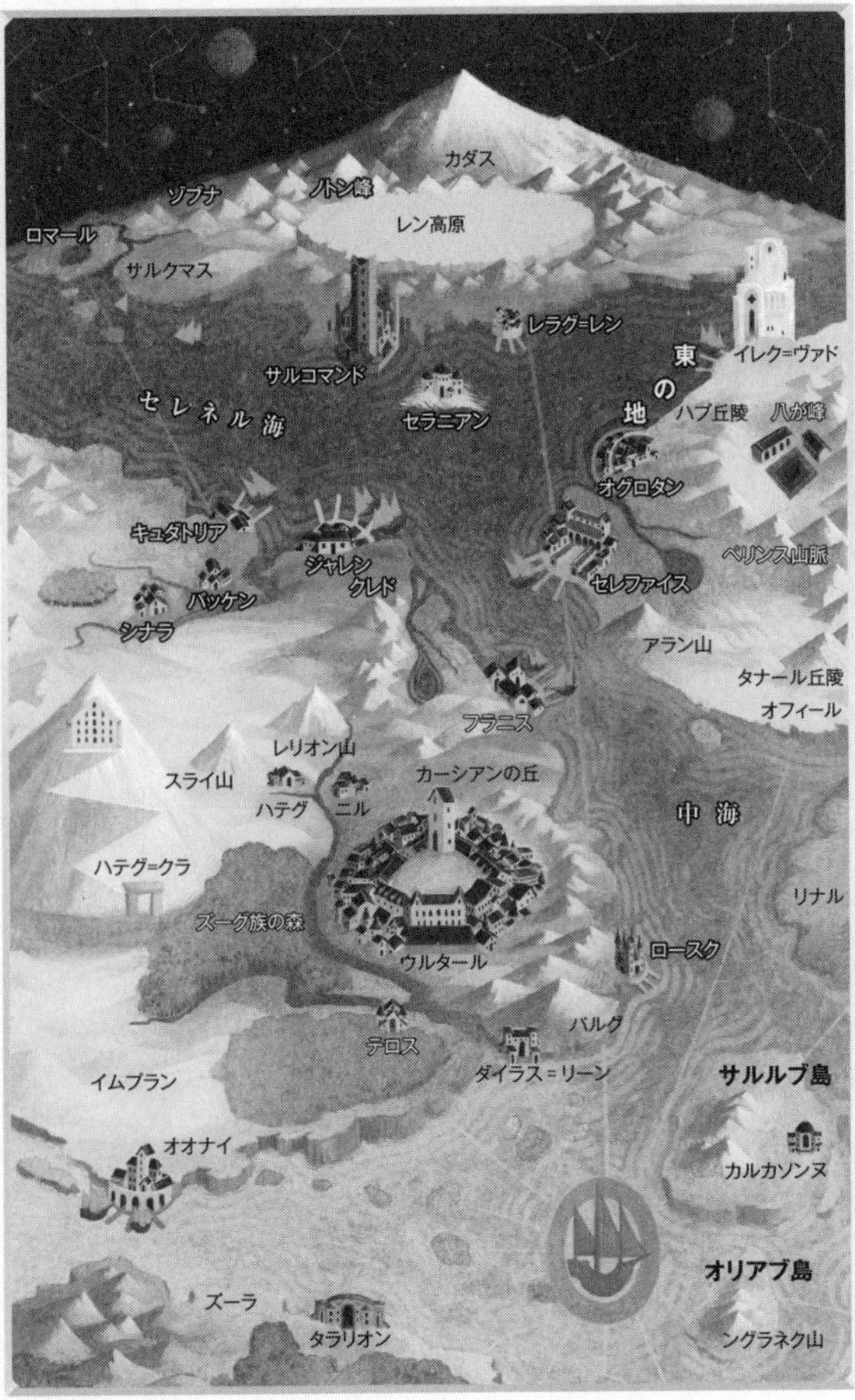
カダス
ゾブナ
ノトン峰
レン高原
ロマール
サルクマス
レラグ=レン
イレク=ヴァド
東の地
サルコマンド
セラニアン
セレネル海
ハブ丘陵
八か峰
オグロタン
キュダトリア
ジャレン
クレド
セレファイス
ペリンス山脈
バッケン
シナラ
アラン山
タナール丘陵
オフィール
フラニス
レリオン山
スライ山
カーシアンの丘
ハテグ
ニル
中海
ハテグ=クラ
リナル
ズーグ族の森
ロースク
ウルタール
バルグ
テロス
ダイラス＝リーン
サルルブ島
イムプラン
オオナイ
カルカソンヌ
オリアブ島
ズーラ
タラリオン
ングラネク山

# 猫の街から世界を夢見る

ヴェリット・ボーはハイウェイと特徴のないからっぽの青空を飛ぶ無数の鳥を夢で見ていた。タール坑《こう》のように広く黒いハイウェイ。群れた鳥は、のたくる霧、あるいはロマールの暗い湿地で柱を作るように飛ぶブヨ、あるいはオリアブ島の彼方《かなた》の水晶めいた海の浅瀬でちらちらと泳ぐ銀色の魚のようだった。空は無地で、質感がなく、ひらべったい。ヴェリットの隣では、大きな黒い獣がうずくまって絶え間なくうめいているが、鳥のさえずりのほうが騒がしかった。一羽が甲高く甘い声で呼びかけ、こう言ってきた。「ボー教授？　ボー教授！」

現実が段階を追って立てつづけにもどった——消えることのない背中の痛み。カレッジで繰り返し洗濯され、サテンのようにつるつるに擦りきれたシーツの顔にふれる柔らかさ。冷たい空気。両びらき窓から暗い寝室のむきだしの広い床を照らす月あかり。性急な拳の連打。ソプラノの力強い声。学生のひとりのもので、とても心配している声だ。「教授！　お願いです、ああ神様、お願いですから、絶対に起きてくれないと！」

そこで目覚めた。ヴェリットは狭いベッドで身体を起こした。「待って！」彼女はそう言い、足の上にかけておいたローブをつかみとってスリッパを履いた。そこでドアを開けに行った。

デリスク・オーレだった。化学を専攻する三年生で、片手をあげてまたノックしようとしているところだ。廊下のひとつきりのガスランプのかすかな光を受けて、彼女の顔は乾きかけた泥の色になり、ヴェリットが見たこともないほど不安を募らせていた。パジャマ姿で――実に大胆だ――肩に田舎風のショールをかけ、涙を流している。「ボー教授！　お願いです、すぐに来てください！　わたしには無理――ジュラットのことなんです」

寮での食中毒、スキャンダル、自殺。女子カレッジが破滅する原因は数え切れないほど存在する。クラリー・ジュラットは三年生。ヴェリットのもとで数学を学んでいる彼女は、ウルタール大学女子カレッジで教鞭《きょうべん》をとってきたこの二十年で最高の学生だった。聡明な女子で、意志が強くカリスマ性があって美しく、笑っているような切れ長の目、背中のなかばまで届く豊かな黒髪を、いつも太いフィッシュボーンに編んでいる。

「案内して」ヴェリットはオーレに続いて階段を降りた。この子はまだ泣いている。「ジュラットがどうしたの？──落ち着きなさい、オーレ。そうしないと、あなたの面倒まで見ないとならなくなる。ウルタールの女の行動ではありませんよ」

オーレは足をとめて両の手のひらを目に押しつけた。「わかってます。ごめんなさい、教授。ほんとですね。こういうことなんです。もう休もうとして、ハストたちの部屋に差しかかったとき、ハストが飛びだしてきて、彼女が行っちゃった、彼と駆け落ちしたと言ったんです──だからマートヴェイトが学生監を呼びにいき、わたしが先生を呼びにきたんです。ほかはなにも知りません」

「ジュラットは三カ月後に試験を控えているのよ。デートする時間なんか、いつあったというの？」

オーレは背をむけてふたたび階段を降りていく。「知りません、そんなこと」もちろんそれは嘘だったが、この若い女はそれ以上なにも言わなかった。

彼女たちはフェロー棟を後にして方庭を横切った。あかりが灯《とも》っているのは、ジュラットの部屋の窓だけだった。いいことだ。どんな面倒事だとしても、問題が起こってすぐは状況を制御できないから目覚めている者が少なければ少ないほどマシである。月がはっきりと相を変え、あらゆる影が動きまわってどこかの神の気まぐれで南へうつろった。凍える夜気は菊と今季初の枯葉の刺激のあるにおいに満ち、あまりに静かだったからカレッジの塀の外で鳴く猫たちの声が聞こえた。猫の群れは方庭にも集っており、なにをしていたにしてもそれをやめ、通り過ぎるヴェリットとオーレを見つめた。そして一匹の小さな黒猫がみずから群れを離れてジュラットの寮の階段へとついてきた。窓から漏れていた冷たい光が急に消え失せ、月がダイニングホールの塔の後ろを通ると、彼女たちは踊り場ごとに置かれたちらちらと光るかすかなガスランプの琥珀《こはく》色の光のなかに残された。

少数の若い女たちが、バスローブやショール、それにベッドの足側にあった毛布にくるまり、ジュラットの部屋のドア近くにかたまっていた。カレッジは階段の暖房に予算を使うなどという無駄なことはしない。彼女たちの声がヴェリットの周囲で甲高く神経質に弾けた。ヴェリットは長年の経験からにじむ威厳をもってぴしゃりと言った。「あなたたち！」すると彼女たちは黙りこみ、不安で眠そうなどの顔もケシの花のように、階段を登ってくるヴェリットを追った。彼女たちがすぐにそうなる老けた女が、若さのあいだから顔を覗《のぞ》かせた。

ジュラットのドアの前には円形の空間があり、少女たちは好奇心はあっても、ジュラットがしでかしたことにむやみにかかわらず、遠巻きにながめる分別はなくしていないようだ。テリン・アンゴーリだけがその空間を横切って、声をあげずに泣きながらラバ・ハストを抱きしめた。古代サルナス学部の学生で、このがっしりした少女は温かな茶色の肌が灰色と薄暗い廊下のあかりに舞う埃《ほこり》の色に変わっていた。ハストはジュラットのルームメイトで、アンゴーリ、ハスト、ジュラットはいつも一緒の三銃士だ。

ヴェリットは集まった者たちに告げた。「消灯時間を過ぎていることに変わりないから。学生監がやってきて注意するしかなくなる前に部屋へもどりなさい。思慮分別こそウルタールの女の代名詞であり、つねにそうあるべき姿だと念を押す必要はないはず。詳しいことがわかるまでは、この件については学生同士のなかであっても口にしないように――特に女子カレッジの外部の人にはしゃべらないようにね。ミス・ハスト、あなたは少し残るように」

学生たちが指示にしたがったかどうかたしかめることなく、ヴェリットはハストをアンゴーリの絡めた腕から引き離して部屋に押しこみ、ドアを閉めた。

ジュラットとハストの居間は散らかり、大型衣装ダンスの扉はひらきっぱなしだし、あらゆる平らな面には服が放りだされていた。紙がばらまかれた床にはひらかれた本が危なっかしく積まれ、食料室からもってきた汚れた皿の載ったトレイが、整えられていないふたつのベッドの片方の下になかば突っこまれている。壁にかけられた額縁入りの版画や一昔前のナラクサ谷の風光明媚《めいび》で写真のような風景画もゆがんでいた。部屋はとりわけ暴力的な誘拐で荒らされたかのように見えるが、女子学生の部屋は最近ではみんなこうだ――勉学では規律正しいのと同じくらい、私生活ではだらしないのが彼女たちのこだわりでもあるかのようである。

ハストはクッションのきいたアームチェアに座りこみ、若者らしく無頓着にしなやかな動きで足をあげ、膝を腕で包んで胸に引き寄せた。まだ泣きじゃくっている。

ヴェリットが木製の勉強用の椅子二脚から古い『明瞭に表現する』の山を移動させていると、きびきびとしたノックが響き、すぐさま小柄な女が部屋に入ってきた。白髪のショートヘアで獲物を狙う鳥の利発な目をしたグネサ・ペトソ、ウルタール大学女子カレッジの学生監だ。かつては赤だったが歳月と洗濯によってすっかり古びて色褪《いろあ》せた柔らかなウールのローブを着ている。前置きなしに、彼女は片づけられた椅子のひとつに腰を下ろし、手短に言った。「ハスト、一刻も無駄にできません。なにがありましたか?」

ハストはふたつ折りにされたメモ用紙を差しだした。目を通す学生監にハストはこう言った。「今夜、図書館からもどってきたら、ジュラットはここにいなかったんです。たしか九時でした。あの子、遅くまで外出するなんて言ってなかったんですけど、こう思ったんです。たぶん夜間外出許可をもらって、講義とか読書会とか、そうでなければ——」だが、彼女の顔は赤い。嘘をついていた。

学生監はきらめく黒い目をメモ用紙からあげて言った。「そうでなければ、男に会うため抜けだしたか。ミス・ハスト、他人の嘘に口添えしようとして自分の顔に泥を塗らないように」

ハストはうつむいた。「わたしの毛布の下にあった彼女の手紙を見つけました。わたしは『明瞭に表現する』の作業をずっとしているので、遅い時間まで手紙は見つからないと彼女はわかってたんです」

学生監はメモをヴェリットに手渡した。クラリー・ジュラットの筆跡は彼女のほかの要素すべてと同じく美しかった。


ラバ、親愛なる人——

苦しまないで！ なんて書いてあるか、もうわかっているよね——いつも、なんでも、はっきりと見極めることのできる人だもの。わたしはスティーヴンと一緒に行く。ショックを与えるとわかっているけれど、これほど果てしない世界があるのに、ここにいてはそれが見られない。無数の星が存在すると彼は言うのよ、ラバ。無数よ。このメモをテリンに見せて。傷つく人たちがいるのは申し訳ないけれど、こんなことを親愛なるボー老教授にどう説明できるの？　学生監には？　わたしの父には？　そんなの不可能よ、あの人たちには理解できない。スティーヴンが、今夜出発しなければ二度とチャンスはないと言うの――だからわたしは行く！　最大の冒険でしょ？　わたしのためにしあわせになってね。

あなたの親友
クラリー

経緯がすぐさま語られた。クラリー・ジュラットがスティーヴン・ヘラーに出会ったのは、四週間前、三銃士がユニオン・ディベートに参加したときだった。彼はホールの外で三人と話しこみ、クレヴィーの店で全員にコーヒーをおごってくれた。

彼はジュラットに夢中になった。それはふしぎなことではないと、三銃士のなかでは少々物思いに沈みがちでもっとも地味なハストは語った。心底驚いたのは、ジュラットも同じくらい彼に惹《ひ》かれたことだった。彼は顔立ちが整い、黄褐色の肌に黒い目、すばらしい歯並びで、とても上背があったが（ハストはため息を漏らした）、そんなことはどれも決め手ではなかった。彼にはとにかく、なにかがあった。

　翌日の午後、お茶を一緒にしたのはハストとジュラットだった——テリン・アンゴーリは海事経済史の個人指導のため参加できなかった——その後はジュラットとスティーヴン、スティーヴンとジュラットで、何度もお茶兼夕食、アフタヌーンティー、昼食、ウルタールの古風な趣のある狭い通りでの散歩やアエドル河でのパント舟遊び、あるいは学校が終わった後、若い女が大学生かどうか店員が訊ねないたぐいの店で何本ものワインのボトルを共にした。この一カ月、ジュラットの勉学が影響を受けなかったことは、課題に対するなんらかの努力というより、生来の優秀さの証しでしかなかった。

　そしてここにきてこれだ。

学生監が言った。「この件が世間に知られる前に連れもどさないといけませんね。相手の男は学生？」いいや、ハストは彼のことを学生より年上のようだとなんとなく思っていた。「では、彼はどこに滞在しているの？　知っているはずですね？　ジュラットがなにかしら、しゃべったはずですよ」

ハストはためらい、爪の甘皮を噛《か》んだ。

ヴェリットは語気鋭く声をかけた。「黙っていたいのはわかるけどね、ハスト。でも、信じなさい。こうするのが正しいことよ。彼女をどうしても見つけないとならない。彼女の父親が誰か知ってる？」

「あの子は家族のことを絶対にしゃべらないんです。どちらにしても、それがなにか関係あります？」ハストは手を下ろし、少々ふてぶてしく顔をあげた。

学生監が説明した。「ジュラットの父親はカレッジの評議会の一員で、大学理事会の直属なんですよ」

ハストは言った。「あの子は大人だし、恋しているんです。自分自身の人生の計画をたてることは許されるはずですよね？　それのどこがいけないんですか？」

ヴェリットが答えた。「いけないのは、彼女の父親がこのカレッジを閉鎖させるかもしれないことで――」

ハストは肝を潰したようだ。「えっ、まさかそんな！」

「――そうなるとおそらく、大学は女そのものの入学を禁じること。だからこそ、彼女を急いで見つけだして連れもどさないとならない。男はどこに住んでいるの？」

ハストはくちびるを嚙んだ。「ヘラーが〈射貫かれた牡鹿亭《おじかてい》〉に泊まっていたのは知ってます。彼はウルタール出身じゃなかったです。わたし、言いましたよね。彼は特別だった。覚醒する世界から来たんです。そこに彼はジュラットを連れて行くって」

「あの馬鹿ときたら」ヴェリット・ボーはグネサ・ペトソに嚙みつくように言った。

十分後のことだ。学生監はハストにベッドへもどるよう指示したが、ヴェリットは階段を降りながら、頭上で鮮やかなショールがちらりと揺れるのを見た。アンゴーリが踊り場に潜んでいたのだ。気にしない。ハストは慰めを必要としていて、アンゴーリも同様だろう。いつも一緒の三銃士がいまや永遠に、しかもこんな理由で切り離されてしまったのだ。

グネサとヴェリットはより近いヴェリットの居室にやってきた。ここで彼女はガスランプを灯し、ふたりぶんのウイスキーを注いだ。ウルタール大学女子カレッジのフェロー教員は、ほかのカレッジの男性フェローたちが享受するような道楽とは無縁の規律正しい生活を送るよう求められているが、これは問題のないときであっても大目に見られる違反だった。それにいまこのときは、ふたりには少しばかりのウイスキーが必要だとヴェリットは考えた。だが、彼女はろくに味わいもせずにグラスを置き、いらいらと歩きはじめた。

グネサが擦りきれたブロケード張りの長椅子からヴェリットを見あげた。「ちゃんと座って、ヴェリット。考えないといけないのよ、そんなことをしても生産性がない」

ヴェリットはむかいの椅子に腰を下ろした。「わかってるけど――ああ、腹が立つ。女学生たちには明瞭に考えるよう訓練してきたと思っていたのに、この、駆け落ちは……それでなくても、わたしたち女はいつもごく細い線の上を歩いている。どうして彼女にはそれが見えなかった？　彼女のせいで、大学は女の入学を禁じることになるかもしれない――なんのために？　男にのぼせたため？」じっとしているのは不可能だった。彼女は立ちあがって、ふたたび歩きはじめた。

「愛のためよ」グネサが言う。

ヴェリットは首を振った。「あれだけ聡明な子が、どんなダメージをもたらすかわからないはずはない――自分に対してではなく、ほかの結婚しようとしない女たちに対してよ。おそらく結婚しようと考えてもいない女たちに対して。自分勝手よ。ジュラットはもっと思慮深くならないといけなかったのに」

「恋する若者は自分勝手でしかないでしょう？」グネサが言う。「あなたはもっと思慮深かったの？」

「若い頃、わたしが傷つけたのは自分だけ。それに両親はもう死んでいたし。でも――」ヴェリットは言葉を呑みこみ、一度、深呼吸をした。そしてもう一度。「あなたの言いたいことはよくわかってる、グネサ。謝る」

「謝罪を受け入れるわ。さて。第一に、この話の一部でも真実かどうか見極めないとならない――」

「ジュラットは馬鹿かもしれないけれど、嘘つきじゃない」

グネサは話を続けた。「――第二に、ジュラットたちがもうウルタールを離れたのかたしかめ、そうだとしたら、第三に――覚醒する世界？　どうやったらそこへ行けるか突き止めないとね？」ヴェリットは口をひらいたが、グネサが人差し指をあげた。「第一を最初に考えましょう。ダイックソンを起こして、彼を〈射貫かれた牡鹿亭〉へ送り、あり得るとは思えないけれど、ふたりがまだそこにいるかどうかたしかめさせる。もしいたら、彼にはジュラットの耳をつかんで引きずりもどす許可をあたえ、夜明け前にこの件は解決する。ほかの可能性については、彼を使いに出すあいだに考えましょう」

「わたしが起こしに行く」ヴェリットは言った。「このあふれる怒りのエネルギーをなにかに役立てたいから」

方庭を横切って正門裏の私室にいる門番を起こし、状況を説明するのに五分もかからなかった。ヴェリットがもどってくると、グネサは机に移動して山と積まれていた『明瞭に表現する』を横へどけていた。

「使いに出した」ヴェリットが声をかけると、グネサは書き物をする手を休めて顔をあげた。「彼はもどり次第、報告に来るから」

グネサはうなずいた。「よかった。彼がジュラットを連れもどしてきたら、害はないも同じね。彼女が妊娠していなければの話だけれど。もしも彼女が去った後だったら――」グネサは目の前の細かく判読しづらい文字でなかば埋め尽くされた紙を手にした。「これがわたしの考えていること」

それはリストだった。グネサは声に出して読みあげ、寝室にも聞こえるよう声を少し大きくした。ヴェリットが着替えていたからだ。ウルタール大学女子カレッジのほかの教授やフェローたちを起こし、呼びだし、相談しなければならない——つまりそれは用務員たちを起こさねばならないということで、すなわちカレッジの管理人がすべて手配するという意味になる。学生たちを緊急に集めて彼女たちみんなのために口外しないよう命じなければならない——なにもしなくても、この知らせがカレッジ内の秘密のままだなどと期待はできないから、しっかり牽制《けんせい》しておくのが最善だ——しかも、誰かが講義や授業に出かける前にやってしまうべきだ。朝の礼拝で。もっとも、多くの学生がこの儀式をすっぽかす。用務員たちには、お寝坊さんたちを起こして確実に礼拝に参加させるよう言わなければならない。調理場の職員には、いつものように数人ずつやってきたり、そもそも現れなかったりするかわりに、礼拝のすぐ後にカレッジ全体がまとまって朝食をとると予告しておかなければ。

グネサはダヴェル・ジュラットに手紙を書き、カレッジは彼の娘を失ったと知らせる必要がある――「その上で彼に、ご親切なジュラット様、どうかカレッジを閉鎖しないでくださいと頼む」彼女は辛辣な口調で言った。ほかの評議員には異なる手紙を用意し、ジュラットが覚醒する世界の男に連れ去られたと語らねばならない。未知の魔術の存在をほのめかし（けれどもはっきりと嘘をつくことはないように）、カレッジにそれほどの咎《とが》があるとは見えないようにする。すべてを注意して扱い、詳細が秘密にされていれば、ふたたびこのようなことが起こる可能性はなく、評議会にカレッジは閉めなくていいと納得させられる。

ヴェリットがウォーキングスカート（ヴィクトリア朝のロング丈だが地面につかない長さにした裾広がりの歩きやすいもの）のボタンをとめながら居間にやってくると、グネサは話を締めくくった。「最後に、ふたりがたしかに宿屋にいたけれど、もう出発してしまったのならば、どうにかして彼女を見つけるの」グネサは顔をあげた。「彼が主張しているとおりの夢見る人であって、大学の少女たちを誘惑するためにここにやってきた口先のうまいトゥーランの男ではないと、仮定してだけど」

ヴェリットは靴紐《くつひも》を結ぶために腰を下ろした。「それはないと思う。ジュラットは三年間もわたしのもとで数学を勉強してきた。学生というものは指導教官にあれこれ話すものよ――どんな人物かは、わかるようになる。このスティーヴン・ヘラーはハンサムらしいけれど、それよりずっと顔立ちの整った男だって彼女は無視するとわたしにはわかる。ハストが彼は特別だと言っていて、そのとおりなんだろうね。覚醒する世界の男には……輝きがある。凶悪なくらいのカリスマ性が。そんな男と一、二時間ほど一緒に過ごせば、それはあきらかになる。ジュラットはその点に反応したんじゃないかな」

学生監はペンを置いて椅子にもたれ、机の上の円柱都市アイレムの絵を見つめた。

「とても残念よ。彼が本当に食わせ者だったほうが、わたしたちにとってはありがたかったはずね。それならば、とにかくいつかは彼の跡をたどれたでしょう。そうでないのなら……彼が自分の世界にもうジュラットを連れ去っていたら、どうすればいいの、ヴェリット？　夢見る人はどこにいても、わたしたちの国を離れることができるのは知ってる。自分の世界で目覚めればここから消えるでしょう。一度実際に見たことがある。数年前のことよ。男がダブヴ・レーンを歩いていたのに、いなくなったの」

ヴェリットは言った。「スティーヴン・ヘラーはそれができるだろうけど、ジュラットにはできない。ここそが彼女の世界だから。彼女はすでに目が覚めているもの。ふたりは門を通るしかないと思う。ハテグ＝クラにある。夢見る人はそこを深き眠りの門と呼んでいるけれど、こちら側から見るとありきたりなものにしか見えない。苔《こけ》むした錬鉄の門だよ。その先は階段になっているらしくて、焔《ほのお》を祀《まつ》る神殿に通じ、それからもうひとつの門があり、そこを抜けると覚醒する世界だという話」

グネサは驚いて彼女を見つめている。

ヴェリットはしぶしぶ言いたした。「ずっと以前に、ある夢見る人を知っていたんで。見せたいものがあるの、グネサ」彼女は破風《はふ》の窓の下にあるベンチから『理論幾何学《きかがく》におけるアルドロヴァンディ』を手に取り、この研究論文をめくって目指すものを見つけると学生監に手渡した。

それは手のひらより少し大きな厚紙で、見慣れない町の広場の鮮明な写真が印刷されていた。淡い色の石造りの建物と薄い灰色のスレートの石畳、白い傘、緑萌《も》える木々、鮮やかな色の服装をした人混み。空のあるべき場所は平らな青だった。

グネサは顔をあげた。「これはカルカソンヌのどこか?」

「カルカソンヌじゃない。彼はいつも話してたよ、カルカソンヌは彼の世界の土地にちなんで名づけられたと。でも、違うの。ほら、異なる建物に、人々が身につけているたくさんの色。ここは覚醒する世界。むこうにある場所」彼女は厚紙の下にある言葉を指さした。〈アヴィニヨン、オロロージュ広場〉。

グネサは小指で青みにふれた。「空はどこ?」

「その青が空」

「なんの模様も塊《かたまり》もないの? なにでできている?」グネサの専門分野は素材学だ。彼女はカードを裏返して黙りこんだ。裏はずっと地味なものだった。白無地に濃紺では がき《カルト・ポスタル》と印刷され、正確で斜めになったインクの手書き文字が黒から古い血の色へと褪せている。

ヴェリン、きみはいつも証拠をほしがるね――R

「〝ヴェリン〟とは？」

「わたしのこと」ヴェリットは小さな写真を見おろした。鮮やかな服のちっぽけな女たちの姿、広場の前の石畳の傷。鳥か瓦礫《がれき》か。「空のことを聞かされてわたしは信じなかったので、彼がこれをわたしのもとにもってきてね。グネサ、わたしならジュラットとスティーヴン・ヘラーをハテグ＝クラまで追える。道を知ってるから。森を通り抜けて門を見たことがある」

グネサは顔をしかめた。「危険すぎる。いよいよ必要になれば、ダイックソンを送るわ」

「わたしが適任よ」

「いいえ。彼はあなたより二十歳若い――そして見過ごせないのは男であること。西は……とても荒っぽい国よ、ヴェリット」

ヴェリットは鼻を鳴らした。「スカイ平原が？　まさか！――いえ、あなたの言いたいことはよくわかってるけれど、考えてみて。ダイックソンとわたしのどちらが、彼女を連れもどせると思う？　わたしは彼女の指導教官で、試験の判定者だよ。彼女に言いふくめて、この愚かな行動にこだわったらなにが危険にさらされるか理解させないとならない。ダイックソンが門への道中でジュラットに追いついたとしても、あの子は彼の話に耳を傾けたりしない。スティーヴン・ヘラーがたぶん騒ぐ。彼女を愛していれば、きっとそうする。スキャンダルにならずに彼女を連れもどすのは困難だよ。それにふたりがもう門を通っていたらどうする？　ダイックソンには打つ手がない」

「あなたなら打つ手があるとでも？」グネサが言う。

「ダイックソンよりはなんとかね。信じて、グネサ。方法を見つけるから」

グネサは一瞬、炎を見つめた。「あなたの指摘はもっともだから、同意しましょう。でも――手遅れにならないよう急いで旅ができるの？」

「そうするしかないものね？」

ドアをノックする音にふたりの会話は中断された。ダイックソンが〈射貫かれた牡鹿亭〉からもどってきたのだ。まさに今日の午後、スティーヴン・ヘラーは極めて美しい女を連れて出発していた。宿屋のあるじの驚嘆を隠せない表現からしてあきらかにジュラットだ。ふたりは西について訊ねていたという。

グネサはダイックソンを下がらせてヴェリットにむきなおった。「じゃあ、そういうことで。本当にやりたいのね?」

「わたしの気持ちが関係ある?」ヴェリットは突然、すべてに疲れてそう言った。「これがわたしのやるべきことだよ。愚かにならないよう女たちに教えること。この二十年をここで過ごしてきた——ほかのどこにも適応できない女のための場所を作って。ほかの者たちを思えば、彼女がそれを台無しにすることは許されないから」

「では、いいでしょう。どのくらいで出発できるの?」

「ただちに。セインズ・カレッジのフレーザー教授がわたしの講義と学生を引き受けられる。ほかに必要な人には、あなたから知らせてくれる?」

「わかった」グネサはなにかを急いで書きとめて立ちあがった。「あなたのために旅費を捻出するよう会計に言う。ジュラットをわたしたちのもとへ返して、ヴェリット。そしてあなた自身も」グネサは驚くことに突然ふれてきて彼女を抱きしめ、そして去った。

ただちに出発とはいかなかったが、それでもすばやいものだった。ヴェリット・ボーはクローゼットの奥から、皺がよって昔の雨と遠い場所の土で心地よくも少しにおう小さな革のバックパックを掘りだした。古いウォーキングブーツと節のある黒い木のウォーキングステッキを見つけた。

若い頃のヴェリット・ボーは遠《とお》の旅人であり、覚醒する世界の者が夢の国と呼ぶ六王国を大いに歩いた者だった。廃墟《はいきょ》となった円柱都市アイレムを見たことがあり、そこは机の上に飾っている学者のきれいな絵のような幻想ではなく、世界のほかの場所と同様に、もっと汚くてはるかに興味深い場所だと知っていた。

生まれは港町ジャレンだ。凍《い》てつくクサリ河が北岸のセレネル海に流れこむ町で、彼女は十九の年に町を離れ、それから何年というもの旅をした。平原と森と沼沢地を越えた。山を登って地底の国の腹を歩いた。低い空の下、見たこともない形の船で初めての大海原を渡った。旅を続けたが、あるとき、その愛してやまない生活を持続させることはできない、時がやがて彼女の力と勇気を蝕《むしば》むのだと気づいた。それで旅をやめた。セレファイス大学女子カレッジに入学し、聡明で規律正しい完璧な学生として、そこに落ち着いた。数学部で物質学の学位を取得し、ウルタールにやってきてとどまり、歳を取り、若い女たちが落ち着きのなさに対してもっと理性的な対応をできるよう教えた。遠の旅人だった若い頃に対して、分別のある道理をわきまえた着地点だった。

荷造りでは自然と手が動いた。記憶は意識ではなく両手と両腕の筋肉にしみついていた。コツがよみがってくる。替えの靴下をどう丸めるか、救急キットのブリキの缶はどこに入れるのが最適か。セーター、ブラウス、厚手の手袋、平らな金属の水筒、櫛《くし》、歯ブラシ、小さな瓶入りのソープ、砥石《といし》、オイル、マッチを詰めこんだ――こうした旅のための雑多な品々はすべて、道を知っているかのようにそれぞれの居場所を見つけた。懐中電灯を荷物にくわえたが、三十年前、このような電池式のものは高級品でしかなく、気恥ずかしい見栄の象徴のようなものだったから、古い火打箱も見つけだした。ためしてみて満足した。自分の手が正確で無駄のない動きを覚えていて、青白い火花が革のデスクマット一面に広がったからだ。火打箱を小さな内ポケットに入れると、肩紐を握ってバックパックをもちあげた。以前より軽かった。もはやロープとアンカーもなければ、寝袋もなく、いつも持ち歩いていた小さな携帯用の調理キットもないからだ。それでもじゅうぶん重い荷物だった。

バックパックを居間へ運んで長椅子に置いた。遠い昔に愛用していたマチェーテはまだ保管してあるから、抽斗《ひきだし》の奥から引っ張りだして古びた鞘《さや》をバックパックの定位置にストラップでとめた。マチェーテは擦りきれたバックパックの上蓋のすぐ下にある保持枠にそっと収まった。

どちらにしてもほんの数日の旅だ。スカイ河沿いのいくつもの平原を横断し、ニルとハテグの町を通る——小さいが立派に文明化されている町だ。その後、荒れ地の石ころ砂漠に近づくが、そこには街道沿いの宿屋があるはずだし、農家に金を払えば、使われていない、あるいは急いで空けてもらった寝室に一夜の宿を求めることができるだろう。ハテグ＝クラを取り巻く森に入るときが、もっと危険なはずだ。

奇妙で邪悪、信頼できないズーグ族が生息しているからだ。けれども、あの光る森のなかを進むのは一日足らずで、前にも足を踏み入れたことがある。覚醒する世界については——むこうまで行かねばならないとして——どんなものが待っているのか予想もつかなかったから、なにが必要になるのかまったくわからない。

二十年のあいだ置いていた場所から古いナイフを手にした。文鎮兼レターオープナーとして机の書類の下になかば埋もれていたものだ。鞘から出すと小さな音がした。刃はいまでも鋭かった。鞘にもどすとジャケットの下に忍ばせた。

ウォーキングブーツの靴紐を結んで立ちあがり、一瞬、暗がりのなかの自分の姿、ゆがんだ破風の窓、斜めになった天井、にぎやかな柄の壁紙と落ち着いた家具に視線を走らせた。この続き部屋で二十年を過ごし、すべてのものが鏡に映る自分自身の姿と同じように、いや、近年では老いつつある見知らぬ者の前で長くとどまることをしていないから、それ以上に見慣れたものだった。

衝動的に彼女は寝室へ入り、窓間鏡に映る自分を見た。どこまでもなじみのある見知らぬ者が見つめ返していた。厳しい目つきの女。ウォーキング用のツイードの服に身を包み、がっしりした編みあげ靴を履き、白いものがだいぶまじった黒髪を後ろでまとめて皺のある顔をさらしている。老いた女だが柔《やわ》くはない——突然、内心で苦笑してこう思った。おそらくそれほど老いてはいないが、昔より柔くなっているくせに。

静かなノック音が響いて物思いは中断された。海の泡のような緑の夜着の上に式服のガウンをはおり、三つ編みのもつれたカレッジの会計で、かなり取り乱しているように見えた。彼女はヴェリットに必要なものを届けてくれた。信用状、硬貨でいっぱいのオイル引きの革袋、刻印された菱形《ひしがた》の金《きん》の小さな包み、帳簿用の小さな手帳。会計はヴェリットの任務についてはふれず、短い別れの言葉と、大学の経理課のためにすべての出費について記録するようにという手厳しい指示だけを告げた。会計が去ると、眠そうな食器洗い担当のメイドが現れ、旅の初日のためのサンドイッチを調理場から運んできた。ほかにやるべきことが山ほどある最中にも、こんなことに気をまわしてくれるとはグネサらしい。

こうしてヴェリット・ボーは、方庭を無言で横切り、裏門からウルタール大学女子カレッジを旅立った。門番小屋で持ち場についたダイックソンは、めずらしく疲れて見えた。「幸運を」通りかかると彼は声をかけてきた。「悪しきものを寄せつけませんように」彼女は答えた。裏門を出て重い扉が自然と閉まるままにした。

足をとめて周囲をながめた。頭上に細長く見える空は真っ黒だった。猫や人が多く暮らすここの小道は狭く古びているし、圧迫するような石壁に穿《うが》たれた栈のたくさん入った窓はいまは暗いからだ。

ここはティアス小道《レーン》だが、彼女はすべての厩小路《ミユーズ》や横町《アレイ》といった狭い道まで知り尽くしている。二十年にわたってウルタール内を歩きまわり、公園や古い緑地を通り抜け、広場を横切り、泉の前を過ぎた。それに人々のことも知り尽くしていた。まず教授、フェロー、友人――それから数え切れないほどのもっと結びつきの薄い者たち。酒場のあるじに商店のあるじ、グルスレンの店でサーディンやクリームティーを運ぶ少女、パットルの書店の陽気な配達員の少年。こうした場所や人々がいわば〈故郷〉であり、あるいは故郷として通用するものだった。

足元で突然なにかが動いて我に返った。小さな黒猫で、クラリー・ジュラットの部屋までヴェリットについてきたものか、似たような別の猫か。足首にまとわりついてじっと見あげ、裏門の上のランプの反射で目が光っている。「あなたにあげるものはなにもないよ」ヴェリットは言った。「なかにもどって。小さなものよ」

猫はもどらなかった。ヴェリットは小道がハイ・ストリートにぶつかる場所まで歩いて西へ曲がり、猫も隣を小走りでついてきた。ここは町の旧市街だ。張りだした二階と尖《とが》った屋根のハーフティンバー様式の建物、ところどころにまじる祠《ほこら》やずっしりした御影石《みかげいし》の公共の建物。いにしえの苔のにおいが漂っているが、ヘンルーダ、バジル、キャットミントといったハーブのにおいもしている。どの窓にも緑を植えたハンギング・バスケットが吊るされているからだ。アフルール・ロードを渡ると、ニュー・カレッジの涙の塔でひとつだけランプが輝いていた――学生が部屋で、クラリー・ジュラットが本来そうすべきように試験のため閉じこもっているのだ。その後、マーキュー大通りでは、パン屋のひらいた裏口から光が射していた。焼きたてのパンの香りがあたりに立ちこめている。生あるものの気配はほかにほとんどない。ウルタールではどこにでもいる猫たちでさえもひそやかな放浪を追求し、いつもよりまばらで、夜はゆるやかに明け方へむかっていた。

ヴェリットは六つ角を横切りながら思わずエルダーサインを結んでいた。その後、ハイ・ストリートが大きくひらけて商店街や市場が連なり、においが変化した。採れたての野菜、スパイス、吊り下げられた雉《きじ》、肉屋の前ですでにリネンで包まれたピンクの塊となってぶら下がる豚肉や羊肉。もう朝が近いのだ。茶商がキャンバス地の店先を設営しながらヴェリットに挨拶してきた。彼女とはお茶、天候、旅についてしばしば話しこんだものだ。ヴェリットはすれ違いざまに手を振るだけだった。すべてがうまくいけば、すぐにもどってくるのだから。もしも、そうならなかったら――だが、そんなことを考える理由はない。

ニル・ロードへ曲がると建物自体が大きくなって一戸建てとなり、続いて庭つきのコテージへと変わった。角のない小さな山羊（やぎ）が柳を編んだ柵の隙間から彼女をにらんだ。裏庭から家禽《かきん》の鳴く声がして、一度などは蔦《つた》の絡まるコテージのひらいた窓から女の歌声も響いた。「サルナス、サルコマンド、ケム、トルディーズ。いつも言うのは〝ありがとうございます！〟に〝そちらがよろしければ〟」

ネヴァーライの丘のてっぺんまでやってくると、ヴェリットは足をとめ、長いのぼり坂を終えて少々肩で息をした。背後のウルタールはあたらしい太陽のバラ色の輝きを浴び、胸がうずくほど美しかった。六つが丘は崩れたキルトのように入り乱れ、赤い切妻屋根のでたらめなパッチワークは煙突のてっぺんの装飾を施された鉄の送風管や避雷針に縁取られ、暗い切れ目に見えるのは道路や庭だった。六つが丘のもっとも高い丘の頂上を飾るのは大いなるものの神殿だ。野原にかこまれたひとつの塔で、三日後に開催される予定の大規模な羊の市のために、さっそく並びはじめたテントで彩られている。この丘の麓を花冠のように取り巻くのがウルタール大学の七つのカレッジだ。ニュー・カレッジ、エブッタカール、マイアンズ・スクールなどだ。白っぽい石造りの古式ゆかしく落ち着いたパッラーディオ様式の建物群は、桜を思わせる日の出のピンクに染まっていた。四角い方庭はどれも遠近法のごとく台形に見える。みずみずしい花園の緑が覗く。ウルタール大学のなかでもっともあたらしくて控えめな女子カレッジは、町そのものを超える雰囲気があるとは言えない建物の集まりだが、彼女は飢えたように目を凝らし、ようやく鐘楼とあたらしいダイニングホールのスレートの屋根を見分けた。

ネヴァーライの丘の頂には小さな祠があり、膝の高さの斑岩《はんがん》でかたちづくられているが、あまりにすり減っていて、大いなるものなのか蕃神《ばんしん》なのか、あるいはまったく別の者なのか、どの神を祀ったものか知るのは不可能だった。ウルタールを旅立つときは木の実をひとつ残すのがしきたりで、祠はヘーゼルナッツ、アーモンド、クルミ、ドングリに埋もれかけていて、どれもだいぶリスに齧《かじ》られていた。彼女は捧《ささ》げ物を持参するのを忘れてしまっていた。けれど百年前に、思慮深い旅人がすぐそばにクルミの木を植えていた。たちどころに背の高い草地のなかに落ちた実を見つけ、ほかの捧げ物のなかに横たえた。

カレッジからついてきた小さな黒猫が、祠のシミのある平板（ここで捧げられるのは木の実とはかぎらないので）に座り、夢中になって耳の手入れをしていた。猫がこのように旅をするのは考えづらいのだが、猫というものが自分自身の計画と予定にしたがって生きていることはヴェリットもわかっていた。「ここからは旅がきつくなっていくよ」彼女は猫に警告したが、猫は小道に降りて、あなたは時間を無駄にしている、と言いたそうに前進した。

ヴェリットはスカイ河に架かる大きな石橋にたどり着き、わずかな通行料を支払った。料金所の係員に昨夜のふたり連れのことを覚えていないか訊ねたが、少女は首を振るだけだった。彼女の兄が料金所を任されている。自分は勤務についてまだ一時間だと。

「どちらにしても、普通、夜には橋を渡りませんよ」彼女は大げさに震えてみせて言いそえた。「幽霊が出るかもしれないから！」——そして橋の石積みのなかで生き埋めにされた男の話を始めようとした。だが、ヴェリットはその話なら前に聞いたことがあったから橋へ進み、背後に待ったいして興味のなさそうな牛追いに少女は話をすることになった。

ヴェリットの計画はこうだ。ロースク＝ハテグ街道を行き、ハテグの町を通って街道がすぐに石ころ砂漠に突入し、やがて隊商路にぶつかる手前の大きなカーブまで進めば、そこがズーグ族の森の入り口でもある。いまのところは、まだスカイ河沿いの平原にいる。ひらけた田園風景に生垣が曲がりくねり、美しい起伏のある農地や晩夏のくすんだ緑色となった牧場に、白い毛の羊が点在していた。彼女は橋からだいぶ進んだところの宿屋に立ち寄って昼食とし、その後、バックパックの荷造りをやり直した。四時間の歩きでどうしても必要というわけではないとわかった荷物をすべて取りだし、カレッジに送り返す手配をした。黒猫が興味深そうにながめており、ヴェリットがようやくふたたびバックパックをかつぐと、猫は軽々と蓋の上に飛び乗ってそこに居座った。取り除いたばかりの荷物とほぼ同じ重さだったが、耳にかかる猫の息は心地よかった。公平な取引のように思えた。

午後の歩みはのろくなった。彼女は昔から歩くのは好きだったが、これほど遠出をしたのは何十年も前のことだ。年相応の分別だと自分では語っていたが、本当のところは、整然としたカーシアンの丘やスカイ平原の心地よい花園の土地を横切るだけでは、もっと遠くへ歩こうという気にならなかったのだ。筋肉が伸びて熱くなってから、痛みが出るようになり、続いて感覚がなくなってきた。旅の初日ではいつでもこうだと思いだした。

畑の作物が実りのときに近づいて大気には花粉が飛んでいた。谷のむこうに、牧草地をガタゴトと進むトラクターが見え（そして聞こえ）、それはあたり一面緑のなかで、艶やかで暴力的な赤だった。だが、機械仕掛けの車両というものは、この地方では最近になって導入されたものでまだめずらしく、荷車や脱穀機を牽《ひ》いているのはたいていは雄牛や縞馬《しまうま》であり、御者の声が「シラック、シラック、ハイ！」と呼びかけていた。太陽が空を淡い青へと薄め、いつものとてつもなく大きな起伏も濃淡と質感がいくらか異なっている程度に褪せて見えた。

ニルの小さな町を過ぎてすぐに宿を取った。〈迷子の子羊亭〉という街道沿いの宿だ。そこではジュラットとスティーヴン・ヘラーを見た者はいなかった。ほかに泊まっている旅人は三名の若い商人で、遠くオオナイからシナモンとサンダルウッドを運び、千もの金箔《きんぱく》張りの尖塔《せんとう》が立ち並ぶトゥーランへむかう途中だった。彼らには商品の甘いにおいが移っていて、ヴェリットは深々と息を吸わずにはいられなかった。だが、彼女のことをごつい靴を履いた老いた女としか見ない彼らは話しかけてこなかった。

目覚めると節々が痛んだ。最初の数マイルは熱い風呂と大学図書館の自分の研究用の机のこと、そしてもちろん高窓から射す日光に照らされることしか考えられなかった。しかし、身体のこわばりは動くにつれてやがて和らいでいき、彼女はかつてのように遠の旅人として歩きはじめた。たしかに朝は美しく、太陽は輝き、燃える空は薄い籠目織りのようにうつろった。平原を後にして丘を登ると、農家とコテージはまばらになっていき、柵は外から入ることも、出て行くことも防止するために立てられているように見えた。生垣は手入れのされていないものとなり、ときにはもつれた中心に緑の光がちらりと見えることもあった。

尾根のてっぺんにたどり着いて周囲に広がる田園をながめた。ロースク＝ハテグ街道はもつれた緑と黄金の田園を横切る薄い線だった——そして連なる頂。北はレリオン山の緑茂る森の斜面。北西は白い雪の冠をかぶったスライ山。そして西は距離があってかすんでおり、記憶にあるよりはるかにそびえ立つ偉大なる山ハテグ＝クラ。雪の頂は移り変わる空に溶けこんでいるから、標高がどれだけとははっきり言えなかった。

人里離れた家に立ち寄り、パン、トマト、燻製《くんせい》にした山羊の腹の肉数切れを買った。ジュラットとスティーヴン・ヘラーについて訊ねたが、農家の女はなにも見ておらず、にこりともせずに金を受け取ると、かすかな正午の風に対して力強くドアを閉めるだけだった。

一マイル進んでから、日射しがきらきらと輝くルッフレ河に架かる石橋の欄干に腰かけ、ひとりで昼食にした。河の水についての評判は知っていたから、水筒に水を足すことはせず、猫が河のほとりを探索しようと気ままに歩いて行くと呼びもどした。その直後に警戒したのは正しかったとわかった。ルッフレ河に垂れる柳の細い枝にとまっていた鳥が、まるで死んだか意識をなくしたかのように突然落下すると、イノシシの大きさの赤い鱗《うろこ》の鯉《こい》が川底の暗がりから躍りでて鳥を呑みこんだ。

午後はさほど快適ではなかった。暑くなったし埃が舞った。バックパックをかついだ肩がすりむけたように感じたし、太腿《ふともも》は燃えるようだった。もうすぐ日暮れというとき、一夜の宿を求めようと農家に立ち寄った。笑顔を見せない男は訊かれたことには返事をするが、それ以上のことは話そうとしなかった。ああ、ハテグはその道のすぐ先だ。ああ、まさに今朝のこと、そちらへ歩くふたり連れを見た。女は黒い髪で男はとても背が高かった。ああ、彼は夢見る人だったかもしれない（農家の男はエルダーサインを結んだ）。そんなふうに見えた。だが、男はまったく注意を払わなかった。やるべき仕事があり、そこらの者のように怠けてはいられない。

その夜、狭い屋根裏部屋でヴェリットはグネサ・ペトソに手紙を書いた。わたしはほっとしているかもしれない、と彼女は締めくくった。わたしは勘違いしていたかもしれなくて、ジュラットはスカイ河をくだるダウ船に乗って海岸へむかう途中かも、と。

三日目はさらにひどい状態で始まった。身体はどこもかしこも痛み、右のかかとではまめが破れ、あらたに焼けつくような苦痛が生まれた。ついにハテグの町にたどり着くと、手紙を投函《とうかん》して食料を購入したが、ぐずぐずしないで午前中なかばには、北の切れ切れの雲の合間にかすかにだが青緑色の光が見える場所にやってきた。ズーグ族の森の光るキノコのあかりが反射しているのだ。

ハテグを過ぎると、道路はただの轍《わだち》になった。人も宿屋も農家も見当たらず、もつれて茂みめいた雑木林ばかりになった。それに花粉と昆虫で靄《もや》がかかったような乾燥した放牧地。彼女の頭の高さほどもある炎のように、赤い花を褒美に抱いて天にむけた雑草の野原。雲の合間の緑色が鮮やかさを増し、午後早くに丘にやってくると、南に森の端が見えた。乾燥した放牧地と光る森林の境界線がくっきりと見え、大いなるものによって線引きされたように思えるほどだった。

次の轍を曲がって南にむかった。荷車が通行できるほどの幅はあるが、すっかり使われなくなっていて、数マイル進むと轍は雑草の生い茂る庭で途切れた。打ち捨てられ崩れかけた豪農の家で、埃と蜘蛛《くも》しか暮らしていない。ヴェリットは井戸に近づいたが溜《た》め水は干からびており、錆《さ》びついた鉄のポンプを動かしてみるのはやめておこうと考えた。この静かな場所で悲鳴のように大きな音をたてるのではないか。少し探索し、森へ続く狭い道を見つけてそちらへ進んだ。

ズーグ族は小柄で基本的には臆病であり、逃げ切れると思わないかぎりは人間を脅しはしない。だが、臆病さの限界がどこなのか実験するつもりなどないから、午後遅く、森の端まで半マイルの、かつては羊飼いの囲い地だったに違いない場所で足をとめた。ぎっしりと積まれた高い塀はまだ大部分は無傷で、ヴェリットより厚みも高さもあり、羊を追いこんだのだろう狭い入り口がひとつあるだけだった。崩れた部分から登ってみると、囲い地周辺を見渡せる、羊飼いが腰を下ろした場所の名残である石を見つけた。レインコートをクッションがわりにして落ち着き、懐中電灯とマチェーテをすぐ手にとれる位置に置いた。驚くほど快適だった。

猫は大胆に夢の国、月、覚醒する世界——さらにはそのほかの道の場所も——を行き来するものだが、この猫は愚かではなかった。ヴェリットの近くにとどまり、夜が更けてくると彼女の膝にあがってそこから動こうとしなかった。

「ついてくる前に、こうなることは考えないといけなかったんだよ」そう言ったヴェリットは自分の声に驚いた。人間の声を聞いたのは午前中なかば以来だった。

猫が言葉を理解したかどうかは、わからなかった。遠く旅した日々に、ヴェリットは猫の言葉がわかると言い張る夢見る人を知っていた。けれど、ウルタール——猫だらけの町——で出会ったことのある猫は一匹として彼女にも、ほかの誰かにも話しかけることはなかった。とにかく彼女の知るかぎりは。その夢見る人はまじめな性格で、嘘をつくのは彼につきまとう欠点ではなかったから、たぶん猫と会話できるのは覚醒する世界の特性なのだ。

　時が流れた。夜が訪れると雲が消えた。森の緑色の光はますます強くなったが、何十年ぶりかに見る暗い空だった。すべての星座、すべての星まで見えた。学校で教わったことから思いだせるかぎり、その名を列挙していった。アルゴール、ゲンマ、アルクトゥルス、ミザール。青くきらめくポラリス。緑の帳《とばり》をまとった金星。彼女の伸ばした親指でかろうじて隠れるほど大きな赤い円盤の火星。夢の国の領域の空の九十七個の星と六つの星座。

　クラリー・ジュラットはこう書いていた。無数の星が存在すると彼は言う、と。ヴェリットは以前にも覚醒する世界ではそうなのだと聞いたことはあったが、想像できなかった。空にそれだけの星が収まるのか？　空は無限とはほど遠い。ふわふわと漂う特大の折り目や、黒にさらなる黒が重なって移りゆく模様が見えた。それに、無数の惑星や恒星のひとつひとつに好戦的で、怒りっぽく、気まぐれな神がいたら、覚醒する世界はどうやって生き抜けると？

そんなことを考えているうちに夜は過ぎていき、ヴェリットはつねにまばらな星星とそのむこうの月のない巨大な空を見ていた。一度は音が聞こえたもののあまりにかすかで、最初は本当に聞こえたかどうか怪しかったが、もしかしたら長いつま先のある足が草地を押しわけ、囁《ささや》き声をあげているのだろうかと思った。懐中電灯を灯すと、単純な黄色の光が囲い地まわりの草を照らした。突然、静まり返った。それ以外には平穏がかき乱されることはなかった。

ヴェリット・ボーはいつのまにか寝ていた。星のきらめく空が朝日によってローズピンクに変わったので目覚めた。狭い道をふたたび歩く。猫はバックパックの上に丸くなって彼女のもとにとどまり、あごにふれる猫のひげがくすぐったかった。視線をむけると、猫の目が葉の緑色に力強く光った。

森のへりに連なる下草は薄くなり、厚い腐葉土の足元に変わった。あたり一面にぎっしりと生えたそびえ立つ太いオークの枯葉が腐りかけたものだ。オークの若木、それに驚くべきサイズのシダと直径数フィートの白っぽいドーム形のキノコも腐葉土を貫いている。木の幹にはツタが絡まっていたり、這《は》いのぼる棚のようなキノコの襞飾りが見あげるかぎり続いていたりして、その先ではオークの手探りするように伸びた大枝がもつれて天蓋をなしている。葉はまだらの光だけを残して日射しを遮断しているが、森は菌類から放たれる影のない緑の冷光のおかげでじゅうぶん明るかった。空気はじっとりして朽ちたにおいがした。

やがて、菌類が作るパターンの読みかたを思いだし、ズーグ族の街道とされるものをなんとか見つけた。ヴェリットはずっと以前に聞いた合い言葉を覚えていて、時折それを口にした。もっとも、ひらひらと舞うその音は彼女の舌には簡単に乗らず、これだけの歳月が流れてからも合い言葉が有効かどうか自信がなかった。ズーグ族を目にすることはないが、ぎりぎりのところで、かろうじてそれとわかる音がたまに聞こえた。シダのなかを行く小さな手がパタパタと鳴る音、あるいはそよ風と勘違いされそうなカサカサという音（ただし、風などまったく吹いていない）、何度かは囁くような会話の波打つ音。黒猫は縮こまってうずくまり、バックパックから動かなかった。もっと若かった頃、ズーグ族は彼女をさほど怖がらせることはなかったが、いまは……いや、そんなことがあるか？　ズーグ族は変わっておらず、彼女も歳は取ったが、基本的には変わってなどいない。ことによると、年齢を重ねるにつれてさらに賢くなったかもしれない。

しばらくすると街道は枝分かれして、彼女は自分の位置を認識し、右の道を進み、ついに、森の地面に設置された巨大な平石を取りかこむひらけた場所にやってきた。はるか昔、ガグ族によって形成された地底の国への経由地点だ。ズーグ族はここを恐れて近づこうとはしないから、ほかの者にとっては安全な場所となっていた……巨大な平石がもちあげられなければだが。

ヴェリットは遠の旅人だった若い頃に、地底の国についていくらか学んだことがあった。うっかりムナールの湿地で吸い込み穴に落ちて、恐怖を味わった。彼女には連れがいて、最初は彼の知識がなければ生き抜くことなどできなかっただろう。彼にはグール族——犬のような顔をした前屈《まえかが》みのクリーチャーで死体を食べ、すべての世界に通じる秘密のルートをもっていると言われている——に協力者がいたからだ。地上へもどるために彼がグール族の協力を取りつけ、旅をしながらヴェリットに彼らのペラペラ、コソコソとした言葉を少し教えた。だが、あまり遠くまで進まないうちに一行はガースト族——ざらざらした皮膚、背を丸めた馬のようで、平らな顔に落ち着きのない知性ある目をしている種族だ——に襲撃され、彼女ははぐれてしまった。ひとりで生き延び終わりのない暗闇を経て、ガグ族の都市にたどりな茎のような六本脚の怪物で、脂っぽい被毛に包まれた巨大で、途方もなく赤い目がある種族だ。あのとき、ついに彼女はかぎられた言葉で話すことのできるグール族の一行を見つけ、彼らが彼女を連れのもとに案内してくれた。ようやく地上に出ると、太陽のせいで何時間も目がくらんだ。彼女は一カ月近く、地底で過ごしたのだ。

ヴェリットは巨大な平石の隣で食事をして休憩をとってから、ねじれた森の天井の高いトンネルを通る長い徒歩の旅を再開した。ズーグ族がもどってきて彼女の足取りにつきまとい、この頃には彼らがつけてくるのにはなにか意図があるように感じていた。結局、あの合い言葉は有効ではなかったのだ。古すぎたか、ことによるとズーグ族はもはや合い言葉の約束を守らなくても、なにが起ころうが気にしないか。彼らはシダやキノコの下からも、頭上の枝からも彼女を追ってくる。ときには、小さくおぞましい手が伸びてきて、彼女の足首や背中をなでることもあった。彼女の慣れない耳であっても、彼らのはためくような声からは興奮が聞き取れた。

愚か者になった気分で、彼女は鞘からマチェーテを抜いた――だが、ひょっとしたら愚か者ではなかったのかもしれない。というのは、ズーグ族が引き下がったからだ。枝の天蓋のむこうで日が陰ろうとしているが、森のかなり奥に入っているから引き返すことはできない。真の意味で暗くなることはなかったが、青緑の光は鬼火のようで、彼女の目にはかすかにどこか不快なものに映った。懐中電灯の電池は今夜いっぱいもつはずがなかったから、落ちた枝と持参した小瓶入りのコールタールでたいまつを作り、まだ手順を忘れていなかったことに安堵《あんど》した。

彼女は歩いた。ズーグ族がまたもや迫ってくるようになったが、たいまつを振っては撃退しつづけた。大勢いるようだったが、完全に姿が見えることはない。シダのなかに茶色の被毛が垣間《かいま》見えたり、ものをつかめる尾が視界からさっと消えたり、物陰から光る黄色い目が彼女を見つめていたりした。彼女の腕はくたびれてきた。耳元では、黒猫がやっと聞こえるほどの声で絶えずうなっていた。

大胆な若いズーグが一匹そっと近づいて彼女の足首を噛んだ。なにも考えず、彼女はマチェーテをふるい、肉にあたった感触が手から肩へと伝わった。そのズーグは仰向《あおむ》けに倒れ、パニックを起こして震えるような咆吼《ほうこう》をあげた。普段のはためくような声とはまったく異なるものだった。ここでもズーグ族は引き下がり、彼女は前進した。今度も彼らは恐怖心をねじ伏せて集団で近づいてきた。彼女を狩ろうとしている。

ヴェリットはそれに気づき、疲労と加齢にもかかわらず、走ることができた。あまりに迫ってきたズーグ一匹にたいまつを投げつけ、緑の光を頼りに前へと逃げた。猫も自分の足で走り、流れるような影がすぐ前を動く。ヴェリットは自分の現在位置ならばわかっていた。何十年も前の記憶にある直立した石に差しかかったからだ。古びて、六角形で、穴が開いている石。もうすぐだ。しかし、ズーグ族は彼女の目的地を知っているようだった。複数が前方の木に登って彼女の上に飛びかかろうと待機している。彼女は叫んだ。「おまえたち、だったらかかってくるがいい！」――彼女は息も絶え絶えで声は怒りでかすれていた――ズーグ族の下を駆けて頭上にマチェーテを振りかざす。ズーグ族はかかってこないで、彼女の背後に飛び降りて追跡する一団に加わることを選んだ。

せり出す枝の視界が晴れたと思った瞬間、彼女は空き地に駆けこんでいた。星の出た黒い空を背景に、上弦の月とハテグ＝クラの山のそびえ立つ影――そして苔の厚い板石に立つ門。玄武岩の三石塔が、黒い両開きの鉄門をとりかこむ格好だ。彼女は最初自分を疑った。深き眠りの門を見たのは一度しかなく、そのときは開いていたからだ。いま、門は閉じて鍵がかかっているらしい。

背後でズーグ族が空き地に次々と到着し、ここで初めて彼らがはっきりと見えた。茶色の影めいた姿がたくさんだ。長く、関節のある手脚、四肢をついて弾むように移動し、上背はヴェリットの膝の高さ。やる気のあるハンターの目を黄色くきらめかせ、彼らは彼女にむかって走ってきた。

猫は隙間からするりと鉄門のむこうへ行った。ヴェリットも後を追おうとして、ガシャガシャと盛大な音を立てて門にぶつかった。まるで、誰かが都市のサイズの銅鑼《どら》を鳴らしたかのような音だ。その途方もない音にズーグ族はびくりと足をとめ、恐怖の悲鳴をあげ、転がるように森へ引き返した。ヴェリットは門を引きあけた――結局、鍵はかかっていなかった――そして薄い苔に覆われた幅広い石の階段にやってきた。最初の踊り場へと駆けあがり、ようやく立ちどまった。ズーグ族は追ってこなかった。彼女はひょっとしたら助かったのかもしれない。

呼吸を整えるには長い時間がかかった。激しい鼓動が収まる前に、顔、そして乳房や脇の下の汗が冷え切った。猫は隣にしゃがみ、小さな肺で精一杯、あえいでいる。だから、水筒の蓋に水を注いでやると、猫は蓋がすっかり空になるまでピシャピシャと舐《な》め、彼女は残りの水を飲み干した。右の足首がひどく痛み、枝のなかを突っ走ってかすったために、何カ所も出血している。こんなにも遠くまで――あるいは少しでも――走ることができるとは思っていなかったが、かつて敏捷《びんしょう》で力強かった若い女の部分がいくらか残っていた。

彼女はあたりを見まわした。ズーグ族の森はずっと遠くにあるらしい光にしか見えず、彼女が登った階段よりはるか下になっていた。こちら側から見ると、三石塔はやはり粗く切りだされた玄武岩だったが、両開きの門は左右とも鉄ではなかった。ひとつはなにか未知の、だが特大の獣から切りとられた一本の牙から彫りだしたもの。もうひとつは、半透明の角を太く割いて編んだものだった。

門を通り抜けたということは、別の場所に、彼女の夢の国にいることになるのだろうか？　女にも夢の国があるのか？　遠の旅人としてあれだけ経験を積んできて、覚醒する世界の女にはひとりとして会ったこともなければ、女の話も聞いたことはないのだが、〈アヴィニヨン、オロロージュ広場〉の小さな絵はがきのことを思い浮かべた。町の広場と鮮やかな夏のドレスを着た女たち。あの絵には男と同じ数の女がいた。そんなことがそもそもあり得るのだろうか？

ついに疲労がヴェリットに追いついた。この二日間は歩きつづけて、一、二時間しか寝ていない。昏睡《こんすい》したようになり、夢を見たとしても、なにも覚えていなかった。

目覚めると日射しが降り注いでいた。たいまつとマチェーテをもっていたせいで腕が痛く足首は腫れていたが、それでも驚くほど気分爽快で、何十年かぶりに生きていると感じた。ほほえみ、ずっと昔に旅仲間が言ったことを思いだした。死にかけることほど、生きているという気分にさせてくれることはない。腹が減っていたが、なにも食べなかった。神殿にたどり着くまでは、おそらくもう水が手に入らないからだ。

バックパックのすぐ近くでは、猫が丸くなって眠っていた。すでに自力で食事を見つけている。手すりの上に血まみれの猫の手形と、幼いズーグ族の脂っぽい茶色の毛の房があったのだ。すばらしい。この猫がそのような獲物をつかまえられるほど大きいとは思っていなかった。ヴェリットがバックパックをかついだときにようやく、猫は長々と伸びをして朝日に対して鮮明な目で瞬《まばた》きした。「乗っていく?」彼女はそう訊ねて身をかがめたが、猫は手すりに飛び乗り、上へと小走りしていった。

深き眠りの門と焔の神殿のあいだの階段は七百段あると話に聞いていたが、すぐに数え切れなくなった。階段はびっしりと木が生えてごつごつした岩山をくねくねとカーブしながらあがっており、あまりに険しく、登りながら次の段に手を伸ばすとふれられるほどだ。階段はじきに、急勾配の踏み分け道が間に入る、不規則な花《か》崗岩《こうがん》の岩棚でしかなくなった。樹木の生える境界線の先へと登っていくと、ついに生き物の姿はヴェリットと猫しか見えなくなり、猫はその自然な性質と特性に反して、整然と岩山を登るルートを選んだ。まだハテグ＝クラの頂上は見えず、そびえ立つ崖が激しくうねる空のうっすらとした模様に溶けこむだけだった。

彼女の筋肉は燃えていて、ぜいぜいと息をするたびに苦労を強いられた。ここの空気は薄くてにおいが異なり、まるで計り知れないほど彼方の見知らぬ海、氷原のスパイスをくわえたようだった。これは覚醒する世界の香りなのか、それとも、この空間そのものの香りなのか。彼女はまだ自分の世界にいるのだろうか？　頻繁に呼吸を整えるために立ちどまるしかないと気づいて、そんなとき振り返ると、日射しのなかに目が痛くなるほどまぶしい雲の海があるだけで、頭上の空はかすかにきらめく忍冬《すいかずら》の唐草模様だった。

七百段ではなく何千段もあるように思えたが、やがて終わりが訪れた。最後に顔をあげてから長い時間が経っていた。足元を見て次の、そしてまた次の階段に集中するためにうつむいてばかりだったからだ。汗を流して走り、身体から水分がすっかりなくなって皮膚に乾いた塩が残るほどになっていた。そこで突然、階段がなくなったのだ。顔をあげた。

彼女は花崗岩の岩棚に立っていた。幅が二十歩、長さがその二倍ほどで、講義室の床のようになめらか、珪岩《けいがん》で光っている。片側では世界が自分の登ってきた雲の平原と波紋の空へ崩れ落ちていた——空はあまりに近く、手を伸ばせば、変わりやすい物質の渦巻きにふれられそうに思えるほどだ。反対側は凹《おう》状の岩肌で、一面に窓やドアが穿たれ、小さなバルコニーが天然石から彫りだしてあった。彼女の頭上、百フィートあたりで岩肌はふくらみ、この岩棚を太陽から守っていた。

まだ呼吸を整えていると、上の窓のひとつに男が見えた。彼女の姿を認めると彼は消え、一瞬ののちに、石のバルコニーにふたたび現れてはしごを降りてきた。紫色のローブのたっぷりしたドレープや編み上げサンダル履きにもかかわらず、すばしこくやってのけた。彼は猫には礼儀正しいがヴェリットには尊大で、それでも神殿のいにしえよりの掟《おきて》が求めることはやるしかなく、彼女を訪問者のための洞穴に案内し、食事、水、ワインを届けさせる手配をした。彼女は夢見る人のスティーヴン・ヘラーとその連れについて情報を訊ねた。ふたりはここにとどまっているのか、それともすでに覚醒する世界にむけて通った後か――あるいはひょっとしたら、まだ到着していないのか。だが、彼はなにも答えようとしない。彼女が神殿の神官たちに謁見を求めることは無視できなかったが、丁重さのかけらも見せずに話を聞いてすぐに去った。

彼女はついに汗がにじんでくるまで水を飲み、それから食事をした。洞穴は寒く、ひとつの壁の高い位置の大きな開口部から注ぐ光でまぶしかったが、ウルタールの破風の窓のある自分の部屋にいるのと同じように眠った。

それからの二日間、いらだちを募らせながら待った。彼女の世話をする担当となったあの尊大な侍者を介し、神官のナシュトとカマン＝ターに伝言を送ったし、ほかの紫色のローブの男や聖職者や改宗者を見かけるたび、自分の名前を告げたが、カレッジのことや大学の教授という身分については口にしなかった。世界の花園の土地を離れると、女が教育を受けるという概念がないことも少なくないと知っていたからだ。そのほかは、どうすることもできなかった。初日に、自分がただひとりの訪問者だと知った。

時間を潰した。磨きあげられた岩棚を歩きまわって空の変化をながめた。点描がにじんでいき、奇妙な葉状構造と砕けていく立方体の寄せ集めとなっていく。そこで彼女はいつもそうするように、根底にある法則を理解しようとした。禁じられていないので、神殿のハニカム構造になった洞窟の探索もおこなった。通路の部屋の多くはたいまつで照らされてコールタールと甘い樹脂のにおいがしたけれど、奥のあまり人が足を踏み入れないトンネル群は、鈍く冷たい茶色に光る地衣に照らされるのみであり、一度などは胸の悪くなるピンクのこともあって、彼女はすぐに激しい頭痛を引き起こし、それは何時間も続いた。

初日の午後遅く、片側の壁の高い位置に窓が並び、そこから光が入る細長い部屋を見つけた。壁には暗い絵が飾られ、鏡面の収納庫があり、背の高い棚には巻物や手書きの本がぎっしり詰まっていた。小型の巻物を取りだすと、イブ語と思われる手書き文字で書かれていた。つまり、想像もつかないほど昔のものという意味であり、なるほど、子牛皮紙（もとはそうだったとして）は彼女が手にして指先の圧がかかっただけでひび割れた。これを注意深く棚にもどし、かわりに手書きの本を取りだした。灰褐色のバックラム（にかわ等で固めた布）で綴《と》じられ、表紙には見慣れない言葉があった。ロビンソン・クルーソー　ダニエル・デフォー。なんの意味もない言葉だったので、彼女は本をぱらりとひらいた――それは彼女自身の言語だった。見慣れない言葉は名前だったのだ――そして彼女はこれが覚醒する世界の本だと気づいた。そこでさらに注意深くながめた。手書きの本の多くは同じように初めて見るものので、収納庫のなかには、鋼、真鍮《しんちゅう》、あるいは漆のようにつやつやと輝く物質でできたなじみのない物体があった。彼女が先ほどの手書きの本をふたたびひらいて読みはじめたとき、あまりに古くてラベンダー色に褪せた紫のローブの老齢の男がその部屋に入ってきて、手書きの本にふれたことで彼女を厳しく非難した。言語、年齢、性別が異なるにもかかわらず、彼の口調は女子カレッジの司書であるユネシュイル・ポスを鏡に映したようだった。司書というのはみんな同じだからだ。

二日目に、ヴェリットは自分が焔の洞窟そのものの近くに来たのだと気づいた――あるトンネルのずっと先のつきあたりから、ごうごうとはぜる豊かな音が聞こえ、絶えず形を変えてちらちらと揺れる真っ赤な火あかりが見えた。しかし、厳格な顔つき、二叉《ふたまた》に分かれてたっぷりした赤いあごひげの男から脇に引きもどされた。どこかうぬぼれた態度で、玉飾りのある真紅の手袋をはめている。彼は背をむけたが、彼女はその腕に手をかけて話しかけた。「お願い、わたしは二名の人物を探しています。覚醒する世界からやってきた夢見る人と、もうひとりはわたしたち自身の国の者、ウルタールの若い女です。そのふたりがこの道を通ったかどうかだけでも、教えてもらえませんか?」払いのけるかどうか決めかねているように彼女の手を見るが無言の聖職者に、ヴェリットは食いさがった。「わたしには、わたしの保護下にあるクラリー・ジュラットを取りもどす責任があります。彼女がここを通ったかどうか知らないまま、先へは進めません」

その名前を耳にして男がはっとしたと彼女は思ったが、彼はこう答えただけだった。「これは話してやろう。この神殿の何人《なんぴと》たりとも門を開けてはいない。もう何年も」

彼女は言葉をこねくりまわす言い逃れには慣れていたから、少々辛辣に訊ねた。「だったら、神殿以外の人は?」

だが、男はこう話すだけだった。「神殿のこのあたりは立入禁止だ」そして去った。彼女は失望で身体を硬くし、小さくなっていく彼の後ろ姿を見つめた。彼を無視して突進しようかという考えをしばし、もてあそんだ——たしかにかつての若い女だったらそうしただろう。つかまるはずはなく、最悪でも、聖職者に殺されるはずはないと信じて。だが、彼女は歳を重ね、厄介事を回避する若さや美をもはや信じていなかった。それに知恵も重ねていた。そのように反発しても利はない。

適当に曲がってほかの通路を進むと、優しく白い光に満ちた天井の高い部屋に出た。この愛らしい洞窟は秘密の花園に必要な外観をすべて備えていた。床は草のような緑の苔で、星形の白い花めいた糸状菌のコロニーできらきらと光っている。それこそが、この空間を照らす光源だった。背高のっぽで密な縞の入ったキノコが菌糸をたなびかせる様は柳の枝のように品があって、それらの下には鮮やかな葉状のギボウシのようなものがあったが、近づいてみるとそれらもまた、キノコだった。においは百合を連想させたが百合ではなく、かすかに妙なにおいは心地よくないわけではなかった。

太い柱がこの洞窟の中央にそびえ立ち、刳《く》りぬかれた門となっていた。あまりに厚く地衣で覆われて、なんなのか判別できない姿形が飾りとして鉄には施されていたが、どうやら生き物を模しているようだ。柱の内部は白い石で暗がりへとのぼる格好の螺《ら》旋《せん》階段だった。猫（自身の計り知れない理由から同行していた）は軽やかに前へと走り、門の隙間から身をよじらせて入ると、階段を駆けあがった。ヴェリットは鉄門に手を置いたが、火から取りだしたばかりのように金属は熱かったので、急いで後ずさった。

部屋へもどる途中、紫色のローブの少年が夏の最中に走った犬そっくりに息があがった状態で彼女を見つけた。「ナシュトがあなたを呼んでいるんですよ」彼はぜいぜいと呼吸してから、彼女の手をつかんで引きずらんばかりの勢いで歩きだした。彼女は少年の後に続きながら、ついに神殿から放りだされるのだろうかと考えた。少年は小走りして数歩進むたびに振り返っていたが、彼女は急ぐのはお断りだった。神官ナシュトに汗まみれで息を切らして会いたくはない。

鉄で補強した背の高い白い木の扉までやってきた。少年はいなくなり、持ち場についていたふたりの侍者がなにも言わずに扉を開けた。彼女が前に進むと、そこは細長い謁見の間だった。心がざわつくような形の彫像が並び、真紅、緋色《ひいろ》、紅色とすべての赤の色味で燃える突き出し燭台《しょくだい》のたいまつによってほのかに照らされている。部屋のつきあたりには、たくさんの階段がついた、せりあがって磨きあげられた玄武岩の台座に、玉座のように立派な席がふたつあり、どちらの頭上にも特大の黒い花崗岩の玉石が垂れ、反射する焔でちらちらと光っていた。左の席はからっぽだったが、もう一方の席には黒いあごひげ、藍色とスミレ色の厚いローブ、オパールをちりばめた二重冠という姿の男が座っていた。彼女は進みでた。

神官は彼女を見おろして叫び声をあげた。「ヴェリン！」その声は彼女にはつかみきれない記憶を呼び覚ました。

彼女は好奇心を抱いて彼を見あげた。「長年そう呼ばれたことはなかったけれど。わたしはウルタールのヴェリット・ボー。クラリー・ジュラットの情報を得て、できれば連れもどすためにここに来ました」

神官が立ちあがったので、垂れた玉石を二重冠がかすめた。彼の身のこなしにあるなにかが、失われた記憶を引き寄せた。

「レオン？」彼女はためらいながら言った。

そうだとわかったことで状況が一変した。かつてレオン・アテスクレだった神官ナシュトは、赤く照らされた謁見の間から玉座の裏の扉のむこうに彼女を案内した。窓がなく狭い洞穴で、石の壁に低い天井、心地よさに驚くほど気を遣われた家具。多くの飾り穴のあるランタンから、ビロードの壁かけのタペストリー一面にきらきらと光が漏れている。ふっくらしたソファ、小説や牧歌集がぎっしり詰まった書棚。神殿全体の厳格な雰囲気とはかけ離れた部屋だった。

彼がハプ産の甘いグリーン・ワインをグラスに注ぎ、腰を下ろしたふたりは一瞬、おたがいを見つめた。ソナ＝ニル出身のレオン・アテスクレは痩せっぽちで笑いを絶やさない目をして、快活で怖いもの知らずの男で、女には惹かれないたちであり、彼の望む姿の彼女ではなく、彼女をありのままに見たから、彼女にとっては一緒にいて気楽だった。ふたりは特に理由もないが若さゆえのこらえ性のなさで、悪名高っていた。彼がどうしているかまったく耳にしなかった。それがいま、ここまで様子が変わって目方も重くなっている。彼の顔はスペード形の黒いあごひげに隠れそうなほどだったから、動く口は見えなかった。彼の軽々とした足取りは目方と威厳によってどっしりしたものに変わっていた。声さえも以前より重々しくなり、声に漂っていたユーモアは少し薄れてしまっていた。

い魔都タラリオンで袂《たもと》を分かっていた。あれ以来ずっと、彼がどうしているかまったく耳にしなかった。

「わたしは幻視を見たが、まずはきみが二日間、訊ねていた質問に答えるとしよう。夢見る人のスティーヴン・ヘラーは二日前の黄昏《たそがれ》時に焔の神殿にやってきた。わたしたちの世界の女と一緒だったが、彼はその名前を言わなかった」

彼女は立ちあがった。「では、わたしはふたりから数時間しか遅れていなかったのに！　あなたは――」

だが、ナシュトはさえぎった。「どうか聞いてくれ」それからだいぶ自然な声になってこう言いたした。「きみは相変わらず、こらえ性がないらしいな、ヴェリン。わたしたちの国を離れるのは夢見る人にとってはいつも簡単だ――目覚めればいいだけだ。でも、スティーヴン・ヘラーは旅仲間も渡らせたがった。彼は上の門を開ける銀の鍵をちゃんと一本もっていた。それでも、六王国の者は覚醒する世界へ渡ることはできないから、わたしたちは彼らの通行を禁じた。その夜、彼は焔に祈りを捧げ、わたしの仲間の神官カマン＝ターが幻視を見た。それは大いなるものからの神託で、彼女の通行を許可せよというものだった。だから、わたしたちは引き下がった」

歩きまわっていたヴェリットは振り返った。「わたしは追いつけたはずだったのに！　あなたは何日も無駄にさせたね、レオン」

「座ってくれよ、ヴェリン。きみのせいで頭痛がする」その瞬間のナシュトは若い時分の友の口ぶりそのものだったから、彼女は言われたとおりにして、口を温めていた辛辣な言葉はすべて呑みこんだ。「彼女が跡を追われていたなどわたしたちは知らなかったし、いずれにしても、神託に逆らうことはできなかった。だが、今日の午後になって、焔がわたしに話しかけた。たったひとかけらの情報だったが、わたしの頭のなかで雷鳴のように響いたよ。クラリー・ジュラットは神の子孫だというんだ」

ヴェリットは首を振った。「違う。彼女の父親はウルタールの市民よ。彼女はそこで生まれた。父親は羊毛市場の事業を所有してる」

ナシュトが言う。「実際、わたしは彼女を見たときに推察してしかるべきだったんだ──彼女はレンの人々の外見をしている」

「架空のレン……」ヴェリットは凍てつく無慈悲な高原についての物語を聞いて育った。北は偉大なる山カダスに接し、神々がなにも見えぬままなかば眠り、狂気をつぶやき、異形の番人たちの悪意ある監視下に置かれている。

「架空じゃない」彼は言った。「わたしはそこにいた」

「あり得ない」

彼は首を振った。「子供の頃に知った物語のなかには、本当のものもあったんだよ。たまに神がカダスから逃げ、人間の姿となり、レンで暮らす。すると、しばらく彼は少々人間のようなことを考える。愛し、夢を見て、ワインを飲み、ジョークを聞いて笑い、酒場で喧嘩《けんか》をする。クラリー・ジュラットの祖父は逃げだして地元の女と恋に落ち、一、二年ほどしてカダスにもどった――」

「彼女をひとり残して」ヴェリットは言った。

「好きでやったわけじゃないと思う。ただ、カダスからは本当に逃げることはできない。神々でさえも。番人が見つけて引きずりもどすんだ。もどった神々は狂気にとらわれ、ふたたび物事を忘れてしまう――でも、自由と失った愛した者たちのことをぼんやりと思いだすこともあり、思いだせたならば、末裔を見守る。きみの言ってるようなことじゃない。彼はカダスへ連れもどされたんだ。ただね。彼の愛した女が娘を産み、その娘はウルタールの市民と結婚した」

ヴェリットは息を吐いた。「そしてふたりの娘はクラリー・ジュラット」

「ふたりの娘がクラリー・ジュラットだ」ナシュトが同意した。「この神は娘が死ぬまで嫉妬深い保護者だった。クラリーについて違っているはずがない」

「じゃあ、彼女を門から通せと命じたのはおじいさんだったと？」

ナシュトは顔をしかめた。「違うよ。そこが悩ましい。彼だったはずはないんだ。わたしは多くの神々の所在と所業は把握している。クラリー・ジュラットの祖父である大いなるものは、カダスにある絹の覆いをかけたカウチで錯乱しながら眠り、夢を見ていて、何年というものそんなふうなままなんだ」

ヴェリットは目元をこすった。「でも、ほかの神が気にする理由があるの？」

「理由はいくらでもある。愛、そして憎しみ。クラリー・ジュラットの愛情深い祖父が目覚め、彼女がこの世界から去ってしまったと知ったらどうなる？　憤怒《ふんぬ》、復讐《ふくしゅう》、報復、絶滅だ。そうなることこそが、幻視を送った神の意向だと思うよ」

「ウルタール」当然だ。

夢の国の神々は悪意があり、怒りっぽく、小者だ。歴史は神々の理不尽な怒りと過剰な報復、有害な灰に埋もれた数々の都市、荒廃した花園の土地の話で満ちている。絶滅。遠く旅した日々に、そのような神に滅ぼされた不毛の地を歩いた。そうした場所はとてもたくさんあった。ガラスに埋められた都市である透明の平原では、足の下の建物は無傷で完璧だが、遺体は空洞となって輪郭のシミしか残っていなかった。わずか一年前は農地と漁村だった場所が高さ一マイルの黒曜石の崖になっていた。庭は灰と毒に変わり、島々は沈んでいた。一度など、子供の黄金のアンクレットが溶けかけ、小さな焦げた骨を取りかこんだままなのを目にした。アンクレットからは魔除けがぶら下がっていた。わたしに悪いことが起こりませんように。わたしはアーセ・イクエン。いたるところに、神々とその度を超えたつまらない怒りの印があった。

ウルタールの狭い通りや愛らしい広場、民家や公会堂や祠。すべてが神の炎によって吹き飛ばされ、溶けて、スラグやガラスになる。そこに暮らす人々は――学生や羊毛商人、食料雑貨屋や厩《うまや》の親方や仕立屋、そのひとり残らず――屍肉《しにく》を喰らう野獣やグール族の食料になる。クラリー・ジュラットの祖父はそうするだろう。それが神のやることだからだ。物や人を破壊するのが。急に力が入らなくなった指でグラスを慎重に置いた。

ナシュトは黙ったまま彼女の表情を観察していた。ここで彼は口をひらいた。

「ウルタールだけじゃない。ニルとハテグ、スカイ河沿いのすべての平原までもだ。わたしたちが彼女を通すよう命じられた理由についてたしかなことは言えない。ひょっとしたら大いなるものは石棋《せっき》で遊んでいて、クラリー・ジュラットは彼らのゲームの駒であり、ウルタールは付随的な損失なのかもしれない。あるいはひょっとしたら、ウルタールもほかのすべてのものも、喧嘩をする酔っ払いの足元の蟻《あり》に過ぎないのかもしれない。または、憎しみに満ちた神は破壊と苦痛に大いなる喜びを見いだし、どう転んでもそうなるのかもしれないな。ヴェリン、わたしは二十年というもの彼らに仕えてきたが、わかっていることはきみと大差ないんだ」

彼女はうわずった声で笑って言った。「神々を崇拝するように教わったけれど、崇拝なんかできる？　まともな人間だったらそんなこと、できる？　数学だったら少なくともなんの害もあたえない」

「崇拝だって？　わたしたちはそんなことをしているか？」ナシュトはグラスを傾け、ランプのあかりがワイン越しにきらめくのを見つめた。「わたしたちは彼らをなだめる、それだけだ」

「そのとおりよ」ヴェリットは自分の声が震えているのに気づいたから、深呼吸をして、もっと力強い声で繰り返した。「そのとおり。だから、わたしは彼女を追いかけて連れもどさないといけない――どうしても。レオン、わたしに上の門を通らせてもらえる？」

ナシュトはゆっくりと言った。「それは禁じられているが、手段さえあれば通してやりたい。わたしは数十年、ハテグ＝クラを離れることができなかったが、スカイ平原のこと——畑のことは覚えている。小麦畑を照らす日射し。どれだけ美しかったことか。だが、鍵をもつのは夢見る人だけで、彼ら全員がもっているわけでもないんだ」

「でも、鍵はほかにも存在するのね？」

存在するが、ナシュトがたしかな情報をつかんでいるのは五本だけだった。すなわち、スティーヴン・ヘラーが覚醒する世界へもちかえった鍵。それから伝説の柱の都市ウェンチの探索にむかった夢見る人の鍵。彼の居場所を推測することはできそうになく、まだ生きているかどうかさえわからない。さらには、ゲンティ依存症となり、六王国のどこかをさまよっている覚醒する世界の男のポケットにひとつ——もっとも彼が銀貨を得るために質入れしていなければの話だ。そして遠くゾブナで、夢見る人であるエイドリアン・フルトンがシャンタク鳥につかまって悲鳴をあげて連れ去られたとき、失われた鍵。

　五本目はランドルフ・カーターのものだった。王として彼方のイレク＝ヴァドを統治する者だ。ヴェリットは思わずグラスを落としそうになった。

「カーター？」

　ナシュトは彼女の口調を聞いて一瞬、口をつぐんだ。「彼を知っているのか？」

「知ってた」そこで彼女は声をあげて笑いはじめ、本人もナシュトも驚かせた。

「彼がいまは王に？　納得、彼ならなりそう。いつも野心のある男だった――わたしたちは一緒に旅をした。あなたとわたしが同行をやめてから」

　ナシュトはなにか訊きたそうな表情で首を傾《かし》げ、彼女は素っ気なく言いそえた。

「そうよ、レオン。そういう仲だった」

「そいつは問題になるか？」彼は訊ねる。「愛はすべてを複雑にする」

　彼女はこう言うだけだった。「わたしとしては、答えはノー。とにかく、ウルタールに必要なものがすべてに勝るから。でも、彼とは三十年会ってない。親しみなんか、とっくに失われているのはまちがいない。でも、ほかにルートはないのね？」

「あるのはたしかだが、わたしは知らないんだ。どのルートもとても危険なことはまちがいない」

「イレク＝ヴァド」ヴェリットは首を傾け、耳の奥でざわつく音を聞いた。「そこは――とても遠い。何カ月もかかる。それにカーター。でも、ほかに選べる道はないよね？　わたしは夜明けに旅立つ」

ナシュトは彼女の旅のために肉とパンを準備させながら、軽くため息を漏らした。「わたしも行けたら……だが、わたしは重くなり、のろくなってしまったよ」彼はそう言い、かつてのレオン・アテスクレそのものを思わせる悔しそうな笑い声をあげて腹をぴしゃりと叩いた。「長いこと一カ所にとどまっていたのは同じなのに、きみはどうやったら、わたしのようにモルタルや苔を身体にまとわずにすんだのかな」

まだ早い時間だった。ワインもたっぷりあったが、ヴェリットが一杯飲み終えないうちにナシュトは三杯をからにするペースだったのに、彼は酔ったように見えなかった。ひょっとしたら、そうすることで彼は自分の心と運命との折り合いをつける手段を見つけたのかもしれない。ふたりは共に食事をして、ずっと前に別れ別れになってまたすぐに別れる友人同士がするように話した。いまのそれぞれの暮らしについて、あるいはかつての生活について、思い出と現在の優先事項のあいだを途切れなく行き来した。レオン・アテスクレはあの頃、いたずらっぽくて身軽で陽気な男であり、ヴェリン・ボーと似ていたから、ふたりはしょっちゅう笑ったものだったし、いまこのときも同じようにして、サルルブ、パルグ、ザル、ズーラを一緒に旅したときのことを振り返った。

その後の歳月についてはあまり語らなかった。タラリオンを後にしてからヴェリット・ボーは遠の旅を続け、数カ月後にランドルフ・カーターに出会い、しばらく彼と旅をした。二年近く後に彼とも別れてから、彼女は旅をやめ、セレファイス大学の女子カレッジに入学し、ウルタールに職を得た。賢明な決断であり、疑うことなく正しいものだった。けれどレオンと話していて、ウルタールでの生活は本物だと思えたことがなかったと突然気づいた。もっといい部屋に入れるようになっても、フェロー棟のびっくりするほど急勾配の破風の窓の部屋から引っ越そうとはしなかった。住まいがどんな場所でもどうでもよかったからだ。ずっとそうだと思いこんでいたし、自分を納得させてさえいたが——ウルタールが故郷だったことはなかった。

ナシュトの物語は彼女のものより短かった。彼とヴェリットが別々の道を歩むことにしてから、彼は船ではるか北の港町レラグ＝レンへむかい、凍てついたレン高原そのものへ登った。「レンの男たちは噂どおりに美しかったよ」彼はグラスをあげて乾杯したが、顔つきは陰気だった。「だが、あそこは寒くていつも暗く、住民はわたしを怪しんだ。めったに新入りの顔を見ないからな。脱出して紛れ込んだ神は別だが、わたしはそんなふうには思われていなかった。ただ、わたしを歓迎して食べさせてくれる家が一軒あった。食事に薬を盛られ、生《い》け贄《にえ》として生きながらに燃やされるべく石に縛りつけられた。大いなるものはわたしを受け入れたが、わたしを歓待した者たちの意図とは違っていたかもな。わたしは燃やされなかった。目覚めると、けぶる玄武岩の一枚岩に横たわっていたよ。服は焦げて灰となり、低い雑音のように頭のなかで逆らうことのできない命令が響いていた。レオン・アテスクレは死んだ。名のない者としてハテグ＝クラへむかい、ナシュトになれ。わたしを歓待した者の畑や家畜は爆風で灰になっていたよ。それ以来、わたしはここにいる」

「じゃあ、あなたの家族は」ヴェリットはそっと言った。レオンからは兄弟姉妹について明るい話をいつも聞かされていたし、一度などはターフィレイ祭のために彼の両親の家に一緒に滞在し、彼らは笑い声と自家製のエールでふたりを歓迎してくれた。楽しさのあふれる愛情に満ちた家だった。

彼はうつろな声をあげた。「レオン・アテスクレは死んだ。家族がすぐに彼のことを忘れてしまったことを願う」彼はその夜、二度とほほえまなかった。

いとまを告げる前に、ヴェリットを図書館に案内した彼は、棚から小型の平らな物体を取りだした。銀の突起と黒い飾り玉《カボション》を施された黒いエナメルのものだ。彼がこの物体に祈りを捧げると、影が彼の目に落ちて、その顔を青白くしてから、黒いあごひげの奥へと消えた。「さあ」彼は最後にそう言って物体を彼女に手渡した。「きみが覚醒する世界へたどり着けたならば、この箱がきみをクラリー・ジュラットのもとへ連れて行ってくれるだろう」

「どんなところなの、覚醒する世界とは？」彼女は手にした箱を裏返した。驚くほど重く、さわると冷たかった。

質問にはしばらく反応がなかったものの、彼は幻視を見ている声で答えた。「奇妙なものと怪物で満ちている。空には終わりがない。夜には数多《あまた》の星。神はいない」次の瞬間、彼は自分の言葉の記憶をなくした。彼女が繰り返してやっても思いだせず、笑うばかりでこう言った。「まあ、きみがもどってきたら、それがすべて真実だったかどうか教えてもらえるな」

「もちろん」彼女はこう言ったのだった。「もどったらね」

別れの挨拶をしてから客用の洞穴へもどると、彼女はグネサに手紙を書いた。ここまでわかったことすべてと、イレク＝ヴァドへむかい、カーターに鍵をくれるよう頼み、ここにもどってきて、言いくるめるか、無理強いするかして、焰の洞窟の番人たちの前を通って上の門へむかうという計画についてだ。

一晩中、猫の姿を見なかったが、近づいてきた夜明けを告げる冷たいラベンダーの色を帯びた最初の光が高窓から射すと、もどってきて、ひげには小さな獣の血糊《ちのり》が飛び散っており、満足そうに毛繕いして顔に飛んだ血やらなにかの点々やらをきれいにした。では、猫もウルタールにいた頃より強くなったのだ。まだ小さいが筋肉は引き締まり、ヴェリットに続いて白い岩棚に降りて階段をもどるときも、猫はやんちゃを思い留まろうとはしなかった。

夜明けの旅立ち。遠の旅をしていた歳月で何回そうした経験があったことだろう？　いま、ふたたび。

下りは登りと同じように疲れるものだったが、ずっとすばやく移動できた。クリームめいたなめらかに広がる果てしのない雲と、その上のモザイク模様になった貝の形や瓦を葺《ふ》いたようにうねる陰鬱な空が見えたけれど、しばらくして雲のなかへ降りるとなにも見えなくなり、あたりが観察できる場所に出てみると、上空から垂れる特徴のない蔓《つる》の集まりのように見えたものが、こちら側からはハテグ゠クラの高みにかぶるひとつきりの綿雲でしかなかった。昼近くに角と牙の門を通っても、ズーグ族にはまったく出くわさなかった。とはいえ、運試しをするつもりはまったくなかったから、できるかぎりの直線ルートで森を通過した。境界線を越える頃には、西の太陽が乾いた血の色の雲に沈んでいくところだった。石と砂の干からびた不毛の地に急いで移動し、そこはトゲのある灌木《かんぼく》と乾燥した草の塊が点在して、むきだしになった皮膚を引っ掻《か》き、細くてうずく赤い線を残した。

暗くなる直前、三石塔と人間ではない姿の不気味な彫像のある場所を見つけた。未知の神に捧げられた複数の建物からなる神殿の廃墟で、その神の嫉妬深い主人によって破壊されたか、同じ神である敵によって爆破されたか、巨大な野獣か、時か、環境に踏みつけにされたかのどれかだ。崩れかけた祠の壁の角にかこまれている傷んだ敷石に腰を下ろし、枯れたサンザシの枝で火をおこした。枝は乾燥して樹脂を含み、すぐに燃えて甘い香りの緑色の炎をあげた。ヴェリットは毛布を敷いて小さくため息をついた。固いベッドに横たわることを予想して骨がすでに痛んだからだが、仰向けになると、安堵できるものだった。焔の神殿のベッドは柔らかく、料理は美味《おい》しいものだった――神官たちは禁欲に縛られてはいない――でも、空気はこのあたりのほうが澄んでいるようだった。

彼女は顔をあげた。今夜のふっくらした月はとても低い位置にあるように見えた――まるでかつてノトン峰を踏破した若い女だった頃ならば、輝く月の表面にひらりと飛び乗るのもたいしたことではないくらいに。だが、見つめているうちに、月は動きはじめて満月へと丸くなりながら東へ空を渡った。

ランドルフ・カーターのことを考えた。上背のある男ではないが、黒髪で歯並びがとてもよく、顔立ちが整っていた。あらゆる夢見る人がそうであるように魅力的だったが、つねに本質的なところで人を寄せつけない冷たさがあった。遠の旅人だった歳月において、彼女は五人の覚醒する世界の男たちに（わかっただけで）出会い、その点については全員が共通しているようだった。

覚醒する世界からやってきた女には出会ったことがない。かつて、その件でカーターに質問したことがある。

「女は大きな夢を見ない」はねつけるように彼は答えた。「赤ん坊と家事のことしか考えていない。ちっぽけな夢ばかりだ」

男はいつも愚かなことを言うから、ひょっとしたら覚醒する世界の男も同じだとしても驚きではないのだろうが、それでもカーターには失望した。彼女の夢は大きく、全長一マイルの列車、星へ昇る船、イカと粘菌の言語を学ぶこと、都市の広さのチェスボードを横切ることだった。あの夜から何十年も、別の夢の国――力強い女の夢見る人たちの想像で作られた国を心に描いている。きっとそこは神がもっと少ないだろうと考えながら、月が地平線のむこうに消え、九十七個の星がある暗闇に彼女を置いていくのをながめた。

いま横たわっている場所からはイレク＝ヴァドへの複数のルートがあるけれど、最速は北東から北へむかってオオナイとシナラを結ぶ隊商路に出るもので、やがてクサリ河の源流にたどり着く。そこから河をたどり、シナラでダウ船に乗ってセレネル海へ出れば、東行きの船が見つかる。ぼんやりと照らされた大海へ、ガラスの崖の都市イレク＝ヴァドの足元へ。道中は時折、天候にじゃまされるだろう。いまは八の月だが、九の月になれば秋が訪れ、十の月には、冬の海が始まるだろう。なによりも、夢の国における距離は、誰よりも賢い地理学者でも理解できない法則にしたがって変わる。口論をする神々の気まぐれ次第なのだ。やりとおすには、数週間かかるだろう。あるいは数カ月。多くの時間が失われた――そして失われることになる――確実ですらないことのために。

彼女は計画しながら眠りに落ちた。一度、遠くから動物の物音がしてはっと目覚め、黒猫の足が顔にふれたように感じた。砂漠の夜の空気は冷え切り、体温を保とうと身体を丸くした。少し隙間を空けると、猫が毛布のなかに滑りこみ、その凍えた身体を彼女に押しつけ、すぐに温まった。彼女は猫の被毛に手を置いた。殺しのにおいがした。猫は狩りをしていたのだ。

今度の彼女はもっと早く旅をした。日々、身体の痛みは変化したが、彼女は力強さを増していったし、路上でのコツが甦《よみがえ》ってきたからだ。長い一日の終わりにどうやって足をいたわるか。砂地で眠るためにどうやってくぼみをかたちづくるか。すぐに動く石とガサガサ音を立てる灌木で、どうやって間に合わせの防御柵を作るか。スキルのなかには年齢と共に向上したものもあった。いまでは骨自体が軽くなったかのように、二十五歳の時点だとできなかった水準で音を立てることがない。マッチも、まだいくらか電池の残った懐中電灯もあったが、夜に火をおこす際には楽しみながら火打ち石と火打箱を使った。

隊商路は五つのオアシスが毒沼に変わる前ほどの人通りではなかったが、駱駝《らくだ》の背に乗った商人の一行を時折見かけたし、一度などは二頭の交替用の馬をしたがえ、縞馬でオオナイへ急ぐ特使とすれ違った。原野には町暮らしの者が想像するほど大型の捕食者は多くなく、幼児期の斑点がまだ脇腹から消えかける途中の若い岩猫《いわねこ》より大きなものは見かけなかった。ただし、赤足のワンプ族の咳《せき》、そして一度は遠くから、砂漠に暮らす長い脚の灰色犬の群れの咆吼が聞こえた。ウルタールの黒猫はさらに痩せて汚れていった。いまでは自分の食料を狩るようになっていたが、真昼に休憩したときには彼女の指から喜んで乾燥鴨肉《かもにく》のかけらを受け取った。バックパックに乗るのと同じくらい自分の足でも歩いた。

砂漠は変化し、砂まじりの土と灌木から、低く平らな多肉植物が点在するくすんだ白い砂となった。続いて赤みがかったゴールドの岩と腰の高さのセージブッシュに。林とジュニパーの茂みのなかを登り、やがて真昼の日射しを受けてきらめく珪岩の圏谷に包まれたクサリ河の氷のような源流にたどり着いた。たどっていくと、河は北へと躍りながら連続する滝や早瀬となり、最初の人里離れた農場群の前を通った。彼女は名のない村落で、一週間ぶりにマットレスの上で眠った――名がないのは、何百年も前に匿名ならば大いなるものたち（あるいは税の取立人）にとって彼らを見つけるのはむずかしくなるだろうと決めたからだった。ただし、誰もがここを名もなき村と呼ぶようになったから、彼らの計画は結局、失敗したのだった。

みんながいつまでも話しているようだった。おしゃべりな宿のあるじ、口達者なパン屋、多弁な農民たち。ヴェリットは砂漠での日々で無口になっていた。

彼女はシナラにやってきた。そこでクサリ河は最後のほとばしる滝を下ると、ゆったりした中年のようにもったいぶった流れへと落ち着き、ナルトスの谷に入る。

彼女は朝に出発するダウ船での河下りを予約した。クサリ河口への旅は三日から九日ほどかかるだろう――左右されるのだと、船頭は不機嫌な表情で言い、エルダーサインを結んだ。風と天気に左右される。渡る際に気まぐれな土地がどう変わるかに左右される。むら気のある神々の意向が、ほっそりした船体の白いダウ船にむけられるかどうかに左右される。

まだ正午だったから、彼女は宿に部屋を取って風呂を求めた。服を脱ぐと、背が高くなったような見知らぬ者が見えた。ウルタールの鏡から彼女を見つめ返していた女より痩せていたからだ。顔と腕の銅色の皮膚はさらに日焼けしている。白いものがまじった黒髪がもつれて、狂乱した幻視者の小鬼のような巻き毛になっていた。

彼女が見ているのは――ウルタールでの自分より若くなってはいないが、野性味を増し、力強さを増した自分だった。遠くリュヘンまで、さらにはリナルまでも若き澄んだ目で旅をしたヴェリン・ボーらしさを増していたのだ。哀れむように首を振って風呂に入った。その後、シナラの中心街へ歩き、衣類や毛布から砂を洗い落とせる場所を見つけ、髪を整えてくれる女のいる店に入ると、髪は顔のまわりに垂れる細くて輝く白いものがまじった黒いロープのように仕上がって、あまり狂乱したようには見えなくなったが、一段と幻視者めいて見えた。それに、このほうがずっと手入れが楽だろう。いまや彼女の探索はこれほど長くなってしまったのだから。だが、髪の手入れには時間がかかり、ようやく女の家のドアから外に出たとき、あたりはだいぶ暗くなっていた。

ダウ船は夜明けに出発した。ほかに女がひとりもいなかったから、船頭はしぶしぶ彼女に個室をあたえた。調理室裏のちっぽけな船室で、タマネギとニンニクのにおいがした――料理人はアサゲホンの出身だからだ。初日に、船頭は黒猫を船外へ放り投げようとした。ヴェリットは異議を唱え、黒猫はダウ船のどこか物陰へと消えた――だが、この諍いで彼女は友ができなくなったので、日々、鮮やかで胸に迫る美しさでどこまでも広がるナルトスの谷をながめて過ごした。

夏は終わりかけで、早い銀杏《いちょう》は花園の土地の緑を背にあでやかな黄色に燃え立っていた。ここは穏やかな地方で大きな野獣がどちらかと言えば少ないため、農場や果樹園が広い。デッキを抜ける風は熟した果物や穀物の香りに満ちていた。何十年もこちら方面には足を運んでいなかったが、道しるべが記憶に甦った――今度は赤い瓦の川辺の宿、次はバッケンと呼ばれる葦《あし》の茂った何エーカーもの入り江、それから山腹の果樹園、ボートヤード、銀の壁の神殿、塩田にぽつんと立ってしっかりと鎖で巻かれた不格好なオークの木。だが、以前とは異なるものもあった。広範囲の畑がすっかり焼き尽くされ、土は神の炎を示唆する濃い青に焦げていた。下流の水は何マイルにもわたって紅茶のように黒く汚れていた。

日々が過ぎゆくことに彼女は不安になったが、終わってみればすばやい航程だった。四日目の朝、ダウ船はキュダトリアの河辺の埠頭《ふとう》群に着けた。彼女が下船するとき、小さな黒猫が奇術師によって取りだされたかのように現れ、彼女を追い越して歩み板を降りた。さっと尻尾を振ったのは、船頭への横柄な別れの挨拶と見なさずにはいられなかった。

ヴェリット・ボーがその足でキュダトリアの港長の事務室へむかうと、港長は彼女を蔑む目で見て、彼女の背後に立つ男の用件を先に聞こうとした。だが、彼女は大学の位相数学の講義で、まったく同じような若い男たちに教えた経験があった。不愉快だが、彼の傲慢を押しとどめて必要な情報を集めるだけだ。彼は可能なかぎり子音を省いて発音し、クサリ河口には今後数日のうちに出発する予定の船が五隻あると言った。そのうち二隻が途中で停泊しながらイレク＝ヴァドへむかう。南の名なしの三段オールのガレー船と、三本マストのトーティ船であるメジャ・レーイク号。あるいは、と港長は関心なさそうに、彼女は待ってもいいと続けた。別の船がきっとすぐにやってくるから。ナルトスの果樹園の作物のために船がやってくるから、秋のキュダトリアはいつも混雑している。

大きな防波堤を歩くと、外洋航行の船が見え、花崗岩の埠頭で忙しく作業をしているものもあれば、港入り口《スロート》の狭くなった部分で錨《いかり》を下ろし、自分の番を待っている船もあった。塩気を含んだ風が頰をなでる晴れた日だった。三段オールのガレー船は船積み中で、黒い船体に一本きりのマストがそびえるものだった。ヴェリットはどんなたぐいの船か気づいたし、これに乗らない分別はあった。

彼女はスロートのメジャ・レーイク号を目にした瞬間、恋に落ちた。荷を積んでいない船はぐっとせりあがり、一目で艤装《ぎそう》と船体の比率が完璧だとわかった。三十年前ならば、目的地などお構いなしにこの優美な船に乗っただろう。この流れるような形に包まれることができるのならば、喜んで世界の果てまで旅して深淵の混沌《こんとん》に突入しただろう。美、まさに真の美はそうした力をもっている。

彼女はメジャ・レーイク号の船長を探して埠頭の事務所にむかい、列の自分の前にいる男が最後の船室を奪ってしまうのではないか、あるいは船長がなんらかの理由をつけて彼女を拒絶するのではないかとさえ考えて、ばかげた心配をしていた。だが、船室はまだちゃんと残っていたし、彼女は資金にはもちろん不自由していなかった。「その猫もかね?」船長は訊ねた。猫は彼女についてきて、事務所の物陰の探索に夢中になっていた。「もう猫は一匹いるから、あなたの猫はフィネーリオとうまくやるしかないだろうが、メジャは大きな船だ。明日の夜に埠頭に入って荷積みする予定だよ。〈赤犬亭〉に泊まってくれ、そこに連絡するから」

その日の残りは用事をして過ごした。会計の先見の明に感謝しながら、さらに二枚の信用状を金《きん》と換えた。続いてキュダトリアのハイタウンへと坂を歩き、数日から数カ月に延びた旅に必要となる品々を購入した。人物証明書を学者たちに見せて図書館への入館許可を受け、そこでグネサに手紙を書いた。昔から知っている狭い店を見つけて航海中に使うために紙を一束とあたらしいペン類を買いもとめ、遅い時間に〈赤犬亭〉へもどった。

翌日、クサリ河口を横切ってジャレンにむかう渡し船に乗った。子供時代の家を見るためだ。ジャレンはそれほど変わったようには見えず、なにもかもがキュダトリアをもっと小さく、もっとぎゅっと詰めこんだ町だった。港のこちら側の浅い海をものともしない船のための短い花崗岩の埠頭。埠頭地区とバラ色の崖のあいだにひしめきあっている倉庫、商店、ジャレン低地《バス》の宿。ジグザグの道路と賢い縞馬が牽くケーブルカーがジャレン高地《オー》まで登っている。どこにいても漂う海の香り。ジャレン＝オーで、ハイ・ストリートを歩き、母親が彼女のために靴をあつらえさせた店や、牛乳、野菜、肉を買った商店街の前を通ったが、肉屋はなくなり、かわりに緑と青の線が走るチーズを売る男がいた。菓子店はまだあって、いまでもバタークリーム、砂糖、菓子を焼くにおいがした。店内はなにも変わっておらず、菓子の配列さえ同じだった。けれど、カウンターの奥にいるのは知らない女だった。右に曲がってリビエに入った。坂が急すぎて荷車は通れない小道だ。リビエのつきあたりにあるサンザシの木のてっぺんからは、ジャレンの埠頭が見えたもので、毎日、彼女と兄はキュダトリアからの渡し船をながめ、父の背筋を伸ばしたちっぽけな暗い人影を探したものだった。父がジャレン＝オーに帰ってくるまでどのくらいかかるか正確に時間がわかっていたから、父がケーブルカーを降りたところで出迎えた。父は書類入れや小荷物があればそれを運ぶふたりに、まじめくさって一ペニーずつ払った。

幼い頃、ヴェリットはすべての子供が抱く空想にふけっていた。この人たちは自分の両親ではなく、いつの日か、親切で博識で堂々とした大いなるものが親だと名乗りでると。父の死後に初めて、想像の父なる神は自分の父にそっくりだったと気づいた。

母の不在は父よりも予測がつけがたかった。結婚した後でさえも、たまに船乗りとして働いていたからだ。乗務員として女を受け入れる船を見つけるといつでもいなくなったものだ。ただし、そんな船はごくわずかで、キュダトリアとフラニスのあいだを往復するホッパー船に過ぎないことがほとんどだったが、時折、外洋航行のジーベック船があった。母はまれな大海原の旅のひとつからもどらなかった。計り知れないほど巨大で腹を空かせたなにかによって、船が海中へ引きずりこまれたのだ。この知らせは、ヴェリットが十六歳の夏にジャレンへもたらされた。父は彼女にけっして船旅はしないと約束させたが、彼女が十九歳のとき父も死に（肺炎で。ひどく寒い冬だった）、葬儀の後、町を出る最初の船の切符を買った――それはスクーナー船で、ロマールの暗い湿地とセレネル海の凍てつく西領域が出会う場所サルクマスへむかうものだった。ロマールは年間を通して厳しい気候であり、ガメル河口も身を刺す寒さで風が強く、空中には猛烈な雪が縞模様をつけていた。けれど、彼女はその荒涼とした環境を自身の悲しみを反映したものとしてとらえた。五年のあいだジャレンにはもどらなかった。兄はその期間に面白味のない女と結婚してとげとげしくなっていた。いまでは兄もまたこの世にない。

実家はまだそこにあった。ほっそりしたのっぽの建物でまだブルーグレイに塗られていたが、鎧戸《よろいど》は緑ではなく朱色で、それぞれの窓の下の壺《つぼ》入りの小さな松は、夜に咲く花の陶器の鉢にかわっていた。しばらくして、彼女はジャレンの町を歩きで引き返していき、ちょうど日が沈むときにキュダトリアへもどった。

〈赤犬亭〉では彼女あての伝言が待っていた。メジャ・レーイク号がアナゴ埠頭に入り、貨物や供給品を積んでいる。乗客は朝になったら船まで出向くように言われていた。

ウルタール大学女子カレッジには、毎年、夏学期中に大学劇を三回演じる伝統があり、ヴェリットは折にふれて裏方を手伝った。メジャ・レーイク号での大騒ぎの活動はその劇を少々連想させた。船乗りでいっぱいのデッキと、最後の貨物や備蓄を積むときにぶつかりもせずに複雑なパターンで走りまわる沿岸荷役の作業員たち。

彼女は埠頭の端にある酒場の二階の談話室からこれをながめていた。埠頭と同じに〈アナゴ亭〉と呼ばれるここに、乗客たちはじゃまにならぬよう送られていた。大半の乗客たちは窓辺に集まったり、腰を下ろして最後の手紙を書いていたりした。大半は経験を積んだ旅人の印である注意深く目立たぬ服装をしたひとり旅の男たちだった――だが、上等なジャケットから裕福なことを暴露させても気にしないクレドからの商人たちの小集団もいた。それに特使がひとりと、緑と黄色のお仕着せ姿のその護衛。さらには、誰彼構わず、彼女にさえも自己紹介して、リナルからやってきたと主張するおしゃべりな男。彼の訛《なま》りと飾り立てて何層にもなった長上着はまったくちぐはぐだった。ヴェリットは彼をよくいる船上のいかさま師だと目星をつけ、船長が彼のことを見抜いて乗船を禁じないことに驚いた。彼はたんまり運賃を弾んだに違いない。

ひとり旅の男のなかに、彼女には遠の旅人に見える人物がいた。あの表情、あの物腰は知っている。何年ものあいだ自分自身のなかに見ており、他者のなかにあるそれを見極めることを学んでいた。彼が彼女を見たときも、同じようにそれが見えただろうか？　いいや。彼女は腰を落ち着けた——ウルタールの数学教授ではないか。友人たち、園芸の趣味、自分の部屋をもっている。そして、いまは椅子の下で丸くなって熱心に評価する様子で全員の足をながめている猫も。

もちろん、彼女はただひとりの女だったが、それには慣れていた。遠の旅をしていた歳月に、自分のような女たちにも数人ほど会ったが、たいていは夫——法律上の夫でも、内縁でも、偽のでも——と旅をしていた。あまりにも多くの男たちが、ひとり旅の女を誤解するからだ。ときには、彼女とレオン・アテスクレは両者にとってそのほうが楽だから結婚しているふりをした。彼女とランドルフ・カーターもそうだったが、こちらの場合は愛がたしかに存在していたと思う。若い女として彼女が美しく、その事実を隠すためにゆったりした服を着て髪を短くしていた頃、男たちのそぶりに隠れた意味はすべて知っていたし、見抜くことも上手だったから、まんまと盗難にあったのは三回だけ、レイプされたのは一回だけだった。しかし、そうした経験のどれひとつとして、なにもない空間、まだ見たことのない都市、あたらしい海を求める飢えを彼女から焼き消すことはなかった。

ついに乗船できたのは午後遅くだった。彼女のほぼ正方形の船室はチーク材張りで、身長とほぼ変わらない高さの天井、造りつけの寝台、服をかける切り詰めたフックがいくつか、小型の折りたたみ式の机、それから嬉しいことに、ひらきはしないものの舷窓がひとつあった。ヴェリットは手早く荷ほどきをした。彼女に続いて船室にやってきた猫は、一時的に寝台へ放っていたヤクの毛糸のスカーフをすぐさま自分のものにした。「それはいるんだけど、キャット」彼女は警告したが、猫はますます丸くなって輝く目で見あげた。こうして結局、スカーフは航海のあいだずっとそこに置かれたままだった。

彼女は乗客に割り当てられたふたつの公共のキャビンを訪れた。食事用のキャビンのひとつだけのテーブルは全員が一緒に食事をするほど広くなかった——乗客は十三人だった——それに、客は選べるのであれば、メイン・キャビンでほかの者たちとは離れて食事をすることを好むと聞かされた。クレドの商人たちはすでにメイン・キャビンのテーブルのひとつを自分たちのものと公言し、ゲームのために牌を最初の配列に並べていた。終わらせるには数日かかると彼女が経験から知っているゲームだ。ほかにもテーブルや椅子、小さな弦楽器がひとそろい、本がぎっしり詰まった棚がひとつだけあった。長い航海で人々が読むたぐいの本で、長々とした伝記、登山の冒険談、二十年前のベストセラー、ほかに読むものがないかぎりは読まれないままになりそうな古典が数冊。

メジャ・レーイク号は夕暮れに埠頭を離れ、ゆっくりとスロートの投錨地《とうびょうち》に進んだ。ヴェリットはしばらくデッキに佇《たたず》み、ジャレンのたいまつの光やキュダトリアのガス灯の輝きをながめ、それから狭くて揺れる寝台でぐっすり眠った。夢は見な

かったし、船が錨をあげて航海を始めたとき、船体に沿って海の躍動する初めての
うねりを感じることもなかった。

メジャ・レーイク号は美しい船だった。追い風で空気はひんやりした九の月の明るい日々、ヴェリットは大半の時間を後部デッキで過ごし、過ぎ去る陸をながめたり、層になったワイン色の大三角帆とセッティー帆の複雑な幾何学的配置越しにその先の大判の本のような空を見あげた。遠の旅人だと彼女が見分けた男もまた後部デッキを好み、ふたりはたまに言葉をかわし、そんなときに彼は空中都市セラニアンを指さした。左舷のとても遠く、とても高い位置にあるので、柱のように重なる綿雲を背にしたピンクの大理石の塔群がかろうじて見えた。男の名はティル・レッシュ・ウィッテンといった。

沿岸にしばしば立ち寄る旅で、陸はつねに右舷に見えていた。クレドの密林沿岸に差しかかった。岩場の海岸線の上で延々とうねり連なる丘は、驚くほどみずみずしい緑にくまなく覆われていた。というのも、クレドの木々は冬に葉を落とさないからだ。大気はスパイスと花の香りが濃厚で、彼女は胸いっぱいに吸いこんだ。夜には、陸にまばらなあかりが見えた。ガス灯や電気までも使って照らされた町のものだった。

最初は混雑した食事用のキャビンで食べていたが、ほかの乗客たちはほとんど彼女に話しかけず、彼らの会話（交易とカードゲームの話ばかり）は退屈だと気づいたから、メイン・キャビンで食事をとりながら、ぎっしり詰まった書棚で見つけた本を読んだり、物思いにふけったりするようになった。時折、ティル・レッシュ・ウィッテンや、ほかにもひとりふたりと一緒になることもあった。そうした機会がもっとも多いのは、クレドの商人で最年少の者であり、彼女を畏怖しながらも魅了されたような目で見て、彼女が五十五歳ではなく八十歳であるかのように会話し、彼女が目撃者だとでも言いたげに古代の歴史の事柄について質問をした——大きな声で、ゆっくりと、大変な敬意を払って。

四日目に岬をまわると、波間から百フィートせりあがるラブラドル長石だけでできた小尖塔が一本見えた。九の月の午後なかばの日射しを受けて、紫と灰色と青の筋が平行に走り、ムクドリモドキの翼のようだった。だが、ほかの旅の記憶がこの光景に重なっていた。この石が内なるスミレ色の光で輝いているように見えた、父が死んでから一年後の嵐の午前なかば。この小尖塔がラベンダー色に近く見えた夏の午後。そして船のデッキに男と立ち、小尖塔は頭上で眠る満月を狙ったプラチナの槍《やり》だった夜――だが、彼女は石のことよりもあのキスのことを思いだしていた。

八日目の朝、船はフラニスの港に入った。乗客と貨物の入れ替えとなるが、船長はしきりに早く海へもどりたがった。「二十四時間ですよ」彼はヴェリットに言った。「あなたがいてもいなくても、船を出しますからね」

フラニスはウルタールによく似ていたが、もっと造りがしっかりしていた――たしかにそうでなければならず、それはこの港町が北に面しているからだ。ふたつの町の行き来はカーシアンの丘を通る山道経由で頻繁におこなわれていた。そして教授となって以来、彼女は一度ならず夏学期中の散策でここを訪れていた。この旅に必要だと判断した最後のこまごました品々を手に入れるまで時間はかからなかった。何年も前の記憶にあった小さなティーハウスに立ち寄って昼食にした。ふたたび野菜を食べることができるのは数週間先になりそうだったからだ。学生監あてにまた手紙を書いて投函した。繰り返しが多くて長ったらしい手紙だと感じた——旅の途中で、まだ先へ進んでいるところ。その通り、明日も旅よ——しかし、グネサとカレッジに情報を送りつづけるにはこうするしかない。だがそれ以上に、こうして手紙を書くことが、使命と故郷に彼女をつなぎとめていたのだ。旅の行程が延びていくにつれて、ウルタールはほんの少し遠く、かすかに、過去のものになりはじめていた。

ぶらぶらと港へむかいながらクラリー・ジュラットのことを考え、彼女もまたこの人通りの多い道を歩いたのだろうかと考えていたそのとき、小突かれたと感じた。彼女はなにも考えず、くるりと振り返って彼女にふれた男の腕をつかむと、男の手が彼女の上着の外ポケットから成果もなく、ちょうど出たところだと知った。彼は手をひねって振り払い、逃げた。背が高く、冬の干し草のように白い男だった。彼女は壁にもたれ、突然訪れた震えが収まるのを待った。自分はいまでもたやすい獲物ではないと知ることができたのはよかったが、速くなった鼓動が収まるまでには長い時間がかかった。

乗客のなかで、クレドの四名の商人とティル・レッシュ・ウィッテンだけが船に残った。あらたな乗客五人は強面《こわもて》の男たちだった。特使たち、イレク＝ヴァドに書類を運ぶ会計士がひとり、外交に関わる男の代官がひとり。乗務員たちも同様にこれまでより引きしまった表情になった。ここからは、比較的安全な沿岸を離れ、東の地にたどり着くまでは大海原を航海することになるからだ。

メジャ・レーイク号がフラニスを離れる準備をしていると、ふたりの神官が乗ってきた。銀の糸でふんだんに刺繍《ししゅう》を施して何層にもなった青と黒のウールのローブをまとっていて、彼らの顔さえも板状の銀のメッシュで隠されていた。彼らはぎこちなく、かさばる身体をもてあますように動き、彼らの足元ではきれいに洗い流されたチーク材のデッキに水がたまった。儀式は陸の者には禁じられているから、ヴェリットは追いだされて自分の船室に行くしかなかった。ふたたびデッキにやってくると、船は海に出ていた。朝には、陸が見えなくなった。

夢の国での距離は一定であったことがなく、海ではさらに安定しなかった。ランドルフ・カーターはかつて三日でフラニスからセレファイスへ渡った——伝説の偉業だ——しかし、ふたつの町のあいだは三週間の航海というのがより一般的で、六週間になることさえあり、もっとかかることもめずらしくなかった。それに目的地のイレク＝ヴァドはセレファイスより遠い。さらには、すべてがうまくいってランドルフ・カーターが鍵をくれたとしても、この道程を引き返さないとならない。頭のなかで日にちを数えた。嬉しくない計算だ。カレッジはクラリー・ジュラットの不在をそれほど長く隠せるだろうか？　大学はもう知ってしまっている。女子カレッジを一時休校にするか廃校にする手続きがとられているだろうか？　あるいは、ジュラットの祖父である狂気に駆られた見境のない神がすでに目覚め、彼女がいないことを知って激怒しているだろうか——もしそうならウルタールは暗くて毒のまかれた地上の瓦礫になる。はるか遠く離れているのに、時々、南の水平線を見つめて炎と煙があがっていないか探さずにいられなかった。

九の月は十の月となった。毎日寒くなっていき、ついには寝台に置いたヤクの毛

糸のスカーフが使えればと悲しくなるほどだった。ヴェリットはデッキを歩きまわり、風でふくらむ帆の複雑な位相数学で気を紛らわせた。そして、空はあまりに低く、そのあいまいで非幾何学的な模様にメインマストが絡んで見え、まるでキャンバス地から染みだす瀬戸際までたまった雨水をはらんだテントの屋根のように重たげだった。ほかに見るべきものはないも同然だった。半径十リーグ界隈《かいわい》の海を航行するのはメジャ・レーイク号だけだ。一度だけほかの船を認めたことがあったが、そのカラベル船は海賊だとみずからあきらかにして、風の弱い日にずっと、のんびり追いかけてきてその追跡は暗くなって終わった。別の日には、水平線に鯨の吹きあげる潮が見えたし、一度などは何マイルも北に、メジャ・レーイク号と同じくらい長いなだらかなこぶが海面にあり、それはクラーケンの棍棒《こんぼう》のような触手が海面のすぐ下で漂っているのだと聞かされた。

経過する時間にじわじわと蝕まれる夜には、眠れなかった。ティル・レッシュ・ウィッテンとフラニスで乗船した代官はしばしば深夜まで起きていたから、たまに

メイン・キャビンで同席し、彼らの果てしないチェスのゲームにくわわったが、どちらも彼女の敵ではなかった。それにティル・レッシュの相手をすると落ち着かなくなった。彼女を見つめるその目はあまりに揺るがない。過去や目的地について、あまりにたくさんの質問をぶつけてくる。彼女が五十五歳ではなく二十歳だったら、欲望がそうさせるのか、たんにそうしたチャンスがないか日和見的に探っているのか、それとも愛が芽生えたと思いこんでいるのかと仮定しただろう――しかし、ふたりのあいだには二十五の年齢差があった。ヴェリットが考えたどれかに突き動かされたのだと推測するのは不可能だ。だから、ひょっとしたらたんなる好奇心なのだろう。だが、彼女は機会があれば彼を避け、避けられないときは、彼女が生涯にわたって磨いてきた、あたりさわりがなく、素っ気ない、わずかに冷たい丁寧さで対応した。

多くの夜はデッキを散歩することを選んだ。見張りについた者たちの低い話し声、やわらかに光る航跡。月は沈んでいることも少なくなかったから、九十七個の星々の奥の煮えたぎる空を見つめた。昼間の青は無数の黒にとってかわられていた。黒に赤、茶、そしてとても暗くて気づかないほどの毒々しい緑が混ざり、惑星の大きさで、すべてがいっしょくたになって攪拌《かくはん》されながら沸騰していた。

ヴェリットがもっと若くて目が元気だった頃は、もっとよく見えた。ランドルフ・カーターはかつて、覚醒する世界の空はこんなふうではないと彼女に語った。

「ただのからっぽなんだ」彼はそう言ったのだ。「模様はなく、変わることもない。ただし、雲と時間による変化はあるが」

ふたりはあの夜、イムプランの美しい丘でキャンプをしていた。オオナイを後にして三日が過ぎ、ハテグの町に通じる隊商路にある場所だ。火はおこさなかった。

彼女は若干いらついて首を振った。「知ってる、あなたはその絵を見せてくれたから。でも、大気の先はどうなの。空気のむこうは」

「無だ。地球の大気の先は宇宙にいることになり、そこは真空だよ。まあ、たしかに星はあって——おそらく何十億も——それに星雲やガス雲もあるが、無限の宇宙に存在しているんだ。わたしは天文学者じゃない」

「そんなにたくさんの星」彼女は考えこんだ。「すべての星に神がいる？　どうやってお互いに滅ぼしあわずにすんでいるの？」
「現実世界はここと同じじゃないからね」現実とは彼にとって地球という意味だ。

彼女はそんな世界を思い描こうとした。「空が無限だとしたら、なぜあなたはここに来たの？　自分自身の星々がそれほどたくさんあるのに？」

カーターは語った。「わたしたちの世界には広がりもスケール感もない。暗い詩もない。星々に到達することはできず、月でさえも何百マイル、何千マイルも離れている。意味がないんだ、少しもね」

「だいたい、星に意味がないといけないの？」そう訊ねたが、カーターは手を伸ばして彼女にキスをし、それでほかの多くのものを終わりにしてきたように、その会話も終わりとなった。

クラリー・ジュラットの手紙を思いだした。無数の星が存在すると彼は言うのよ。

彼女はいまごろ覚醒する世界の恋人と一緒に地球にいるだろう。彼の空を見たことだろう。ひょっとしたら、彼の家に連れて行かれたかもしれない。スティーヴン・ヘラーはここでは大いなる夢見る人だったから、自身の居場所でも同じように力があるに違いない。つまりは、大邸宅を、ある種の地所をもっていることだろう。そして神の孫娘で魅力を備えた彼女を相手にして——恋をしないことなどまずあり得ない。結婚した彼女は、彼のもつ土地がどんなものであるにしろ、女城主となる。裕福で、尊敬され、崇拝されるのだ。彼女をそこに残しておくことができないのは可哀想《かわいそう》なことだ。

だが、ほかの機会には、ヴェリットはクラリーの父であるダヴェル・ジュラットのことを考えた。彼には何度も会ったことがある。ウルタール大学女子カレッジの評議員だから、入学式や卒業前夜祭、祝日のディナー、カレッジの年次報告会、卒業生の集会に招かれてきた。それにダヴェルは自分の義務をまじめにこなしてきた。ヴェリットが教鞭をとることになった当初から彼はすでに男やもめだったが、上級談話室のゴシップでは、彼の妻は実に美しかったらしい——〝リングトロフの彫刻〟だと、そうしたものに審美眼のあるグネサ・ペトソはかつてため息まじりに言ったものだった。なかにはふたりの結婚をふしぎに思う者たちもいた。ダヴェルはあごが曲がって鼻のつぶれた背の低い男だったからだ。けれど、妻を失い、積み重なる歳月の重みで翳《かげ》っても、ダヴェルのユーモアと輝くような魅力はあふれるようだった。ヴェリットはダヴェルとクラリー・ジュラットが揃《そろ》った姿を彼女の入学式で見かけた。彼女が初めて大学式服をまとう様子を見つめる彼の表情は、愛と誇り、そしてひどく穏やかな怯《おび》えが複雑にまじったもので、ヴェリットが思わず目をそむけてしまうほど強いものだった。いまの彼は一万倍もつらい表情をしているに違いない。

もしも、ウルタールがまだ存在しているならばだ。こうして堂々巡りの思考にいらだちながら、発光して揺れる山形の航跡が薄れて闇にもどるのをながめたり、海の深みに謎めいた光る平円が群がっているのを見つめたりして、気を紛らわせた。

その平円に彼女は惹かれて夜ごとながめた。はっきりしない燐光《りんこう》の集まりで、ざっくり言って円形、彼女の手と同じくらいの大きさのようだ。クラゲだろうと想像したが、乗員に訊ねると、彼はエルダーサインを結び、手すり越しに唾を吐くだけだった。その後、後部デッキに立つ彼女のもとに船長がやってきて、二度とそれについては口にしないように命じた。彼の声は乗員に対するときでさえも聞いたこともないほど荒々しかったから、彼女は言われたとおりにして、その後は平円がどう動いて、大きさを変えたか、重なったか、たがいに吸収しあったかの観察を自分の胸にとどめておいた。

大海原を航行して十九日目の半月の夜、その小さな光る平円が見えない捕食者から逃げるかのようにちりぢりになるのを見た。ひとつが大きくなり、さらに大きくなって、それが小さいのではなく、いままではあまりにも遠く、冬を前にした透明な海ではなにも隠せない数百ファゾムも下にいたのだと彼女は気づいた。どんどん大きくなって、回転する珪藻《けいそう》は透明かつ複雑に大きさを増し、ついには家ほどにもなった。続いてガリオン船ほどに。そして水平線の端から端まで彼女たちの下の海を満たす都市ほどに。いまや詳細を観察できた。窓のない光る塔と五面の構造物――冷たい生物発光でどこもかしこもぎらぎらと光る巨大な五角形の溜池《ためいけ》――そして放射する線が広がって、最後には無数のさらに小型のものが、顕微鏡で覗いた毛細血管のなかの血小板のように、それらに沿って漂っているのが見えた。あるいは混雑した通りでパニックに陥って走る人々のようでもあった。

このままではメジャ・レーイク号が遭難し、これらの放射する道に沿って駆けているなんらかの謎の存在にまじって陸に打ち上げられるのは確実に思えたが、珪藻の都市は上昇しながら右舷へ切りこむように進んだ――大きくなり、そこからさらに大きくなって――ついには何マイルも離れた場所で、ハリケーンのような音をたてて海面から突きでて空に舞いあがり、ふくらみかけた月を隠すほど高く昇った。そして燐光は空中で消えたので、そこに暮らしていたものはもう見えなくなった。

都市は重力に成し遂げられるより早く落下して海中へ叩きもどされた。そのときになってようやく、ヴェリットはこの珪藻の都市がなにかから逃げていたことを思いだした。もっと言えば、それは逃げおおせていなかった。途方もなく巨大で飢えた見えない口が、この旅のだいぶ初めに、ルッフレ河で落下した鳥を鯉が緋色の口に呑みこんで引きこんだように、ふたたび都市を吸いこんだのだ。

でたらめで無秩序なしぶきが船に襲いかかるまで数分かかり、船長と乗員たちが船を波間へ進めるにはじゅうぶんな時間があった。そして炸裂《さくれつ》する海がついに静まるまでには十五分かかった。

ヴェリットが母の死について考えることをやめるまでには、もっと時間がかかった。父もこれを想像したのだろうか？

ある日ヴェリット・ボーが目覚めると歓声や歌声が聞こえ、デッキに出たところ、右舷のずっと遠くに緑の海岸線が見えた。ついに東の地へやってきたのだ。タナール丘陵、その上の緑と灰色のアラン山は初秋の雪で白い冠を頂いていた。メジャ・レーイク号は誰も失うことなく、二十三日で海を渡った。乗員は一日中、浮かれ騒いで祝った。フルート、リコーダー、コルネット、ヴァイオリン、ドラム。晴れ着の男たちがすばやいステップのホーンパイプや元気のいいジグを踊った。彼女はそれをながめて、歌い、水で割ったラム酒を飲んだ。その日はすべての障壁が取り去られた。船乗りのひとり、白髪まじりで腰に届く長さの弁髪をむきだしの丸い頭皮に巻きつけた前檣楼員《ぜんしょうろういん》からシャープリンを踊ろうと誘われ、彼女は一緒になって踊った――そして全員を驚かせた。彼女はこの小むずかしく、つまずきそうなステップを船でムタールに渡った若い頃に覚えており、その記憶が急速に甦ったからだ。

航海の最後の日々、乗員たちはまるで、乗船させて飼い慣らしてマスコットにした彼らのペットの一匹のように、嬉しくなる好意をむけて彼女を扱った。ひょっとしたら、もっと早くにシャープリンを踊るべきだったのかもしれない。

船から陸がつねに見えるようになってからは、何リーグもの距離は船の下で着実に陸へとたぐり寄せられていった。三日後、船はオグロタンの軟玉の埠頭に着いた。

すべての町の波止場は同じだ――埠頭と倉庫、大声をあげる男たち、きしむ木とロープ。そして死んだ魚、木材防腐剤、潮のにおい。こうしたものすべてを見おろす崖に堂々と、海に面した巨大な城壁やそこに暮らすもので防備を固めたオグロタンがあった。だが、ここは何百年もなにかに脅かされたことがない。この都市は陸の奥、緑なす田園地帯へと広がっており、厚い城壁は慎重に少しずつ石を掘りだされ、百カ所でトンネル、奇妙な小さな昇降口、まったく窓のない部屋などで貫かれている。広大な城壁はこうした侵略に影響を受けていないようだったが、ときに城壁はうめき、埃が思いがけない場所に落ちることもあった。だから、いつの日か城壁は崩れ、オグロタンは石の下に消えるだろう。

乗客たちはその日、ばらばらに行動した。ヴェリットは幅のある道を登り、この道は階段のかわりにテラスになっていて、街に近づくにつれて商店が贅沢《ぜいたく》なものになっていった。朝食にヤクのミルクをかけたベリーを食べたのは、それが目についたなかで船上での食事からもっともかけ離れたものだったからだ。オグロタンのハニカム構造の城壁について話を聞いていたから探索し、町のさらに奥へと入った。通りが狭くなると、ゴミやいままでより汚れた家がぎっしり並んでおり、最後にはそうしたものも消え、前面に埃をかぶった酒場の入った貧民街のような建物に変わった。いかつい顔の男たちが崩れかけた石畳に腰を下ろしてゲンティ入りの煙草《たばこ》を吸っていた。

そうした男たちのひとりが路地の埃のなかに寝そべり、脂ぎった頭を巨大な城壁の変色した石にだらりともたれさせていた。そのように堕落していても、彼には覚醒する世界の人間、夢見る人であると示す光彩があった。彼と話をしようとしたが、彼はヴェリットを押しのけて骨がないかのように身体をふたつ折りにして自分の膝に吐くだけだった。

あるとき、ティル・レッシュ・ウィッテンがアーチ道の下をくぐったのを見たと思った――長い航海中にヴェリット自身のコートと同じようにおなじみになった彼のジャケットで見分けたのだ。彼がここにいるはずがないという理由などないものの、なぜか落ち着かなくなり、振り返って元来た道をもどった。船に帰ってきて、彼が本当に船を降りたのだと知ってほっとした。彼の船室にはかわりに、悪い知らせを受けてイレク＝ヴァドへ急いでむかい、父の死に目にあいたいと願う男が入っていた。

翌日メジャ・レーイク号は出港し、その後は右舷にティムナール、エクスクライ、ハプ丘陵があった。どの風景も彼女には初めてのものだった。これほど東までやってきたことはない。黄昏の土地に入って航海しているいま、空は薄暗く、太陽は彼女がまっすぐに見ることができるほどの暗褐色の円になった。海はもっと暗くなったが、相変わらず透きとおっている。陰になった海を見おろすと、壁、道路、動きが目に留まった。現実の境界線にやってきたように感じられた。不安が募る。イレク＝ヴァドのガラスの崖を見たときは、ほっとして思わず泣きじゃくってしまいそうだった。

ヴェリット・ボーと黒猫はメジャ・レーイク号を下船し、少なくともヴェリットは残念に思った。港近くの宿屋に部屋を取るとすぐ、イレク=ヴァドの王であり、夢見る人であるランドルフ・カーターに、昔のことをもちだして謁見を請う手紙を書いた。気まずかった。ふたりはかつて恋人同士であり、いまの彼がそのことをどう考えているのかまったくわからないから、彼女は失礼にならない範囲で短いものに抑えた。宿のあるじの娘は俊足の十五歳の少女で、落ち着きのない態度がもっと若かった頃の自分をちょっとばかり連想させ、その子に駄賃を渡して城に届けるよう頼んだ。少女が崖の急勾配の道を登るには一時間ほどはかかるだろうし、返事を受け取って(返事があるとして)もどってくるまでにはさらに時間がかかる。構わない、ヴェリットにはほかにやることがある。

手持ちにはふさわしいものがまったくないから、婦人服仕立屋を探して謁見のためのドレスを作らせた。とても苦労しつつ布をあてられ採寸をおこない、こんなことをする自分を笑った。イレク＝ヴァドの王のためではなく、昔の恋人を喜ばせるためですらなく、自分自身の見栄のためだとわかっていたからだ。彼には三十年会っておらず、ヴェリットのほうから彼のもとを去った。みすぼらしく見せるわけにも、その後の人生でなにかを後悔しているように思わせるわけにもいかない——結局は彼と別れたことで、歴史ある偉大な大学の教授でありフェロー教員であるという現在の地位につくことにつながったのだ。

彼女はそうしたことの一部を婦人服仕立屋に伝えた。こうした職業の女ならではの、比類のない賢さで語らないことすべてを推察できる人物だった。ドレスは高級感のある鴉《からす》のような黒い厚手のシルクで（「教授のローブのようですが、もっと高級感があります」と仕立屋は言った）、スクエア・ネック、ぴたりとした袖、イレク＝ヴァドの貴族に好まれる滝のようにドレープが入って裾を引きずるスカートになる。「上品で、知的で、強い印象——けれど若向きすぎないもの」と仕立屋は言った。「今夜、仮縫いにもどってきてくだされば、明日の正午に間に合わせますよ。

それから謁見のために、あなたの猫にお揃いのリボンをつけるといいですね。あるいは……いいえ、これはやり過ぎになりそうです。ちょっと考えますね」

「これはわたしの猫じゃないの」ヴェリットはそう言ったが、そのほかについては言われたことを受け入れた。軽くショックを受けるほどの請求額を苦情も言わずに支払い、またもや大学の会計の先見の明に感謝した。その後、髪の手入れをして――それから靴や、ショールとして使うスカーフを買わねばならなかった。

彼女と猫が宿屋にもどったのは夕食時で、謁見申し入れに対する返事が待っていた。イレク＝ヴァド――ナラス――トラボン――オクタヴィア――マティエ――(ここに極めて長いリストがあった)――の神に定められた王であり正統なる支配者ランドルフ・カーターは、ウルタールの歴史と栄誉ある大学におけるセレファイスの理論学博士であり、尊敬される偉大な教授ヴェリット・ボーに挨拶し、明日五時にお越しいただくよう求める。

彼女は早くに休んだ。夜半、猫が音を立てない前足で顔を軽く叩いてきて、とうとう押しのけねばならなくなった。猫はその仕草を繰り返し、少々腹立たしくなった彼女がはっきりと目覚めて起きあがったところ、慎重にドアを探る音を聞きつけた。ピッキングだ。

彼女は静かにベッドを抜けだし、枕の下の長いナイフに手を伸ばしたが、彼女が身体を起こすと猫が大きなドスンという音を立てて床に降り、探る音はとまった。彼女は部屋を数歩で横切ってドアを引っ張り開けたが、手遅れだった。短い廊下には誰の姿もない。

少しだけ震える指で部屋のガスランプをつけた。何者だったんだろう、そしてどんな理由で？　なぜだか、いまのは泥棒ではなく、レイプ目的の男でもないとわかった。誘拐か？　神々に関係しているのか？　クラリー・ジュラットを取り返そうという彼女の探求にかかわることか？　彼女はティル・レッシュ・ウィッテンを思いだした。彼女を見る目つきと情報を探ろうとしたあの態度。ひょっとしたら、彼はスパイのようなものだったんだろうか、でも、誰のスパイだ？　彼はオグロタンで下船した。彼がどんな情報を集めたとしても、メジャ・レーイク号より早くイレク＝ヴァドにやってくるのは不可能に思える。スパイのようなものだったとすれば、ウルタールにどんな影響が？　あるいは、すべては王とその政治力学にかかわるなんらかの宮殿の陰謀のようなもので、彼女とはまったく関係なかったとか？

そんなことを考えていたら眠れなかったが、ヴェリットは年齢を重ねて賢くなり、遠く旅した経験もある。やがて、無用に堂々巡りをする不安を切り離すことができて、ついに眠りについた。だが、猫は朝まで眠らずベッドの足側に横たわり、時折、耳やひげをぴくりと動かしたり、緑の目で瞬きするほかは、壁にかけられた絵画のようにじっとしていた。

完成したドレスは、銀色の紙に包まれ、薄い青の厚紙の箱に丁寧に収められていた。バックパックと、旅のあいだに手に入れた衣類を収納するため購入した旅行かばんはふたたび荷造りされた。すべては宿屋の娘が御者を務め、縞馬の引く荷馬車に積んで崖の道を行かせた。そしてついに午後早い時間、奇妙な薄暗い空の下でヴェリット・ボー自身がイレク＝ヴァドのガラスの崖を登った。猫は隣を歩いた。

崖は風化で繊細な白霜のようになっていたが、最近剪断《せんだん》された岩山の部分はどこも、ガラスのように透きとおり、結晶の奥まで覗けた。さらに上の斜面と道路そのものが投げかける影、筋や傷、一目でわかる洞窟も。彼女は一息つくために足をとめるといつも、振り返って海を見た。こうしてはるか高台に佇むと、大いなる海中の迷宮の遺跡が港の先に見え、ひとつきりの赤い点がそこを横切っていた。メジャ・レーイク号が、陸からの風を帆いっぱいに受けて黄昏の土地へむかっているのだ。

午後なかばになって、息があがり少々くたびれた頃、彼女は宮殿近くのたくさんの小塔がある町の宿屋に部屋を取った。早速とりかかったのは一緒に歩いてくれる案内人の手配だ。注意深い手腕と礼儀を備えたつきそいがいなければ、アッパー・イレク＝ヴァドの急勾配の通りを歩くことはできないからだ。彼女は風呂に入ってドレスを身につけたが、謁見まではまだ一時間あった。

婦人服仕立屋はどんな王の建築家と比べても遜色のない、専門分野の達人だった。ドレスは適切そのものだ。簡素で、分別があり、美しい。ヴェリットはなんのアクセサリーもつけていなかったが、彼女が頭を振ると、細くねじった髪の束をあごのラインで揃えたボブヘアは、鋼や鉄のように輝いた。年齢を重ねて皺は増えたものの、その目はかつての目と同じだと彼女は考えた。婦人服仕立屋は猫のためのお揃いの首のリボンはやり過ぎだと判断し、銀の刺繍がある青いリボンの切れ端で細いカラーを作った。ヴェリットが驚いたことに、猫はそれを首につけることを許し、部屋のガラスに映る姿をたしかめていた。

これから昔の恋人、いまの王に会う。かつてのヴェリット・ボーと比べられることはないと思いこむのは無理だった。彼女はランドルフ・カーターを愛していなかった。彼は多くの男と同じく、自分自身の物語に夢中で没頭していた。パルグ、クレド、ソナ＝ニルの黒い男たち、ソラボン、オフィール、リナルの黄金の男たちのように、自身の話に役立たないかぎりは周囲の世界にあたえる余白がなかった――そして、どこに行っても女は目に見えない存在で、彼に飲み物を運んだり彼に食べ物を売ったりするだけだった。芝居の端役まですべてがランドルフ・カーターで、壁紙さえも彼だった。

だが、彼はヴェリットを愛していたし、あるいは彼本人はそうだと思っていたから、彼女はあえぎ、息を切らしながらも、彼の自尊心の表側まで浮かびあがった。夢見る人の光彩と彼の情熱の力が彼女を魅了したひとときもあったが、結局は彼の物語で無益に過ごす人生がほしくなくなった。いまでもそうだ――それなのに、鏡のなかの自分を少し哀れんで見つめた。時間と年齢のためにその選択肢を失ったことが痛ましかった。

「さあ」そう声をかけると、猫は音を聞きつけて目を細めて彼女を見あげた。「王に挨拶しよう」

イレク＝ヴァドの謁見の間は百メートル四方の広さであり、暗いオパールで作られていた。蝶やジャングルの鳥を思わせる鮮やかな色がきらめく月のない真夜中のようだ。鋭く白い光を投げかける電気ランプがぶら下がっているが、凝った穹窿《きゅうりゅう》の奥の天井は見えない。玉座は部屋と同じように大きく、ひとかたまりの巨大なゴールドのオパールで作られたもので、消えることのない青い炎が揺れる篝火《かがりび》で照らされていた。

だが、そこに王は座っていなかった。片側の、とても広くて美しいドリネン製の絨毯《じゅうたん》の上、ほかの席や沈香《じんこう》の丸テーブルの隣にもっと低い玉座があった。この壁のない部屋の頭上には、とても長くて振り子のように揺れる鎖からランタンがぶら下げられている。ヴェリットが案内されたのはそこだった。彼女が近づくと、真紅の装いの男が立ちあがった。

ヴェリットはたちどころに彼を見分けたが、自分が彼とそれほど身長が変わらないことを忘れていた。

だが、彼は――「ヴェリン？」ランドルフ・カーターは少々ショックを受けたような声を出してから、もっと確信をもって「ヴェリン」と言った。すぐにどういうことかわかった。彼女は歳を取り、年齢が彼女をどんなふうに変えるのか彼は予想していなかったのだ。同時に、ヴェリンは彼の外見が変わってなどいないと気づいた――せいぜいひとつ、ふたつ、歳を重ねたぐらいだ。彼はヴェリンの手を握り、ほんの一瞬、それとわからないくらいためらってから、頰に挨拶のキスをした。彼の護衛やヴェリンの案内人たちは下がった。こうしてヴェリット・ボーとランドルフ・カーターは空を舞う翼の色の空間にふたりだけで立ち尽くした。

正式な嘆願に必要な質問はいっさいなかった。彼はヴェリンを自分の隣の寝椅子に座らせ、サルルブ産の薄い黄色のワインをグラスに注いだ。ヴェリットにとって日射しと故郷のような味だった。カレッジのワインセラーはサルルブ産のワインで満たされていたからだ。彼に自分の探求について教えた。ここまでやってくることになった旅とこれから待ち受けていることについて話した。

彼はしばらく黙って彼女を見つめてから言った。「四日前、ナラスの大神殿の神官たちが幻視を見た。わたしに知らせるメッセージがひそかに込められたものだ。こんな神がいる。愚かで、狂っていて、眠っている。彼の娘のそのまた娘がこの土地から消え、神託というのはこの神が目覚めて孫娘がいなくなったと知れば、その結果は——スカイの谷が炎に包まれるというものだった。レリオン山からカーシアンまで、ズーグ族の森までも」

ヴェリットは突然、めまいを覚えて両手で頭を抱えた。

「それはあくまでも神託であって、預言じゃなかった」カーターが言う。「実際に起こってはいない。まだ。ただ、幻視はいたずら好きの神々がいまこのときも、この神の耳元に囁きかけ、彼の足をくすぐり、じっとしていられなくなってカウチの上で寝返りを打つよう仕向けていると警告しているんだ。それだけではない。この神が寝ているか目を覚ますかはどうでもよく、孫娘を取りもどす試みをとにかく阻止しようと考えている神々もいると忠告している」彼はため息をついた。「神が多すぎるし、派閥や権力争いやささいな恨みが多すぎるよ。だから……孫娘を探しているのがきみならば、神々に狩られるのはきみだ」

彼女は何者かが部屋に押し入ろうとした試みのことや、船でのティル・レッシュ・ウィッテンについて詳しく話してから言いたした。「普通の理由はどれもあてはまらないように思える。今回の場合には、ということだけど」

彼はきっぱりと言った。「きみは今夜ここに泊まらないとまずいな」彼は侍者を呼んで指示をあたえ、その男が下がると、いくらか満足して話を続けた。「いくら神の支持者でも、この宮殿の屋根の下できみに害をあたえようとはしないはずだ」

「ありがとう」ヴェリットは身を乗りだした。「わたしの状況は話した。ランドルフ、門を開ける銀の鍵を渡してもらえる？　それがどれだけ重要かわかるよね。わたしが自分で返しにくるか、あなたの手元に送らせるから」

けれど、カーターは話の途中から首を振っていて、この流れにはふさわしくないような内に秘めた悲嘆の表情になっていた。「鍵をもっていないんだ。なくしてしまって、どこにあるかわからない。盗まれたのか、盗まれないように自分でどこか安全な場所に隠したのか、それとも——どこかよそにあるのか。これまでのところ、わたしはここに残ることができているものの、感じるんだ。現実世界が重力のようにわたしを引っ張っているのを。この闘いに負けて覚醒する世界に後退する時が近づいていると言える。そして鍵がないから、むこうに閉じこめられたままになるだろう」

彼は目頭を押さえた。彼の根本的な性質をヴェリットの脳裏に甦らせる飾らない仕草だった。変わっていない顔や声でもそんなことはなかったのに。三十年前だったら、彼女はふたりのあいだの距離を詰め、彼の額の中央に一本刻まれた皺に人差し指でふれ、キスしただろう。いまでさえも、そうしたいという筋肉にすりこまれた衝動を感じた。けれど、彼女はもっと大きな心配事を抱えている。

「では、ウルタールは救えないの？」そうなったときを想像した。ウルタール。それだけではなく、ニルやハテグ、世話になった小さな宿屋や農家もすべて。羊飼いたちや牛追いたち。グネサ・ペトソと会計とデリスク・オーレ。人柱について話し慣れた石橋の通行料徴収人。アエドル河でパント舟を貸している男。エブッタカール・カレッジのフェローたちと彼らの凝ったフリッティドのパーティ。硬貨をもらったらお辞儀をするよう猿に教えていた羊毛市場の少女――とてもたくさんの男や女や子供。誰もが消滅したところ。彼女は息を吸った。「別の道があるはずよ」

ふたりは話しこんだ。さらにワインが運ばれ、ケーキやデーツ、名状しがたいほど柔らかな肉を薄く切ったものを、心ここにあらずで食べながら話をした。たしかに別の道があった。カーターが知っているのは六つの道で、すべてがとても危険だから錠や鍵はあきらかに必要ない。

ひとつはセレファイスの先のタナール丘陵の奥深くにある洞窟で、そこは草の生えた丘が乾燥して悪地となり、やがて広大な東の砂漠となる。だが、このルートはいにしえの勅令によって禁じられており、クラネス（そこの王）はカーターのかつての友であり味方であったのだが、彼は年老いていにしえの決まりを変えようとはしないだろう。ヴェリットがこの道を選ぶのであれば、ひそかにタナール丘陵に入らねばならない。

あるいは、懐に余裕があって裏切りを恐れないのならば、黒く背の高いマストがついた三段オールのガレー船のたぐいに乗って、月に渡るという手もある。そこの粉々のレゴリスを横断して人は覚醒する世界に入るのだと考えられているが、カーターはどうやればいいのか細かいことや、月から覚醒する世界の地球へ降りる方法も知らなかった。

カダスの影の下にあるレン高原は、すべての世界の境界線を越えることができる場所だと噂されている。けれども、話題には出したものの、このルートの可能性についてふたりはそれ以上追求しなかった。あらゆる選択肢のなかで最悪のものだと知っていたからだ。

あるいは、遠方のリナルにゲンティ窟《くつ》がある。リナルの街の大市場からすぐの場所だ。名もない路地に入り、ドアを刳りぬいた星形の開口部にむけてある言葉を話し、その言葉が正しいものであれば、ドアはひらかれる。ゲンティ窟は煙草、サグ煙草、大麻、ゲンティの煙が朦々《もうもう》と入りまじり、影響を受けずに部屋を横切ることさえ不可能だ。カーテンで仕切られたアルコーヴのどれかに入ると、そこにある不可解な幻視を簡単に幻覚だと判断してしまう。「だが、幻覚じゃない」カーターは言った。「左側の第四のドアは現実世界につながっている」

「それならあまり危険じゃなさそう」

「ならば、わたしの話しかたが悪かった。カーテンの奥には見られただけできみを滅ぼすだろうものがいるんだ」

「わたしはそんなに弱くない」彼女は怒って言った。

「きみは鋼とダイアモンドでできているかもしれないけれどね、ヴェリン、それは関係ないよ。一部のアルコーヴは星々のあいだの宇宙にひらけている。そこでは蕃神がきみを見つけるだろう」

彼女はため息をついた。「じゃあ、ほかの方法は？」

あるいは、猫たちが彼女を助けるかもしれない。青いカラーをつけた小さな黒猫はヴェリットの謁見に同行し、大いに報いられた。というのは、カーターが猫の種族の高貴なるものとして敬意をもって挨拶したし、専用の食事でもてなされていたのだ。山の澄み切った水、みじん切りにした鼠《ねずみ》、石の皿の上でまだ尾をピチピチさせている小さな魚。猫はいまではカーターの膝に寝そべり、なでてもらっている。

もちろん、彼は昔から猫についてとても詳しく、すべての種族、多くの男たち、ほとんどの女たちよりも猫を評価していた。彼は言った。「猫は自分たちだけの秘密のルートをもっているんだ。以前は、それでわたしを助けてくれた」

「猫はわたしを助けてくれる？　そうしてくれる、小さなものよ？」

カーターは猫に相談したが（では、彼が猫の言語を話せるというのは本当だったのだ）、対話の後で首を振った。「彼女は喜んでそうしたいところだが、夢の国の男たちがその方法で旅することは不可能だと言っているよ。あるいは女も」彼は最後にそう言いたした。ひょっとしたら、ヴェリン・ボーが若い頃にングラネク山に登るという無分別な試みをしたことを思いだしたのかもしれない。どんな男もそこに登って正気ではいられないと言われた山だ。

こうして、グール族の秘密の抜け道を使うことになった。日光の射さない地底の国の腐った土地で暮らすこのクリーチャーについては、ふたりともいくらか知識がある。膿《うみ》で湿った洞窟やトンネルに散らばっているのが、百の世界の墓地、枯れ野、埋葬地に通じる彼らの秘密のルートだ。カーターはかつて彼らと親交を結んだが、何十年も前の彼の探求を支えたことで、彼らのなかに多くの死をもたらした。「だから、わたしがきみを送ったとは言ってはいけない」彼はゆがんだ表情で話を締めくくった。「彼らがランドルフ・カーターの名前を友情か大量殺戮《さつりく》、どちらと結びつけるのかわかるまでは」

夜明けに出発できるよう、カーターは護衛と必要品について指示を出した。ヴェリットは内心ため息をついた。いつだって夜明けだ。焔の神殿の図書館にあったつやのある黒い物体を彼に見せたが、これがなにか彼には見分けがつかず、彼の世界の未来のものだろうと言うだけだった。ふたつの世界のあいだの時間は一定ではないからだ――彼女が物体を返してもらったとき、カーターの皺ひとつない手と、彼女自身の節くれ立った老いた手を見ればなるほどよくわかることだ。時はひょっとしたら、逆行さえできるのかもしれない。カーターは大いに価値のある贈り物を追加でふたつ、彼女に申しでた。安全な道中とどんなグール族に出会っても援助を受けられることを確約する合い言葉と、彫刻を施されて細くて黒い鉄の鎖にぶら下げられた赤いオパールで、こちらは日光の射さない地底の国でまわりを見ることができるようにするものだった。

まだ遅い時間ではなかったから、ふたりは話を続け、イレク＝ヴァドのオパールの塔のひとつの高みにある彼の私的な居室へ移動した。のっぽの男より大きな鉄の火鉢で、煙を出さず永遠に消えない火が燃えているというのに寒い部屋だった。夕食をとってさらにワインを飲んだ。とても口当たりの柔らかな赤で、過ぎ去った秋の回想のように舌に広がる。ボジョレーは彼の世界のフランスという場所の記憶を呼び覚ますのだと彼は語った。ウルタールの小さな黒猫は彼の隣で丸くなり、寝ながらゴロゴロと甘えた声をあげた。

ふたりはかつて光を放つセレファイスの大理石の通りで出会い、口をきくより早くキスをした。ヴェリン・ボーは若く、すらりとして、輝いており、ランドルフ・カーターはすべての卓越した夢見る人のもつ光彩を備えていた。ふたりはキスをしてから口をきき、その後は二年近くも一緒に遠くまで旅をした。ジーベック船でサルルブからダイラス＝リーンへむかい、その途中ムタール、ドスール、アテイルの島々の波に洗われる突堤に立ち寄った。何週間も歩いてタラリオンとその魔都の奥の密林を探索した。貨物用のはしけでソナ＝ニルにむかい、次にオオナイ、そして陸路をはるばる歩いてテロスとロースクへ。パタラン船でトゥラアにむかい、平らな船梁《ふなばり》のアバリでアイ河を上って、最後にムナールの湿地を大変な思いをして横切り、ふたりは地底の国へ落ちてその旅は終わりになったのだ。

「なんと暗い場所だ、きみの世界は」カーターが尾を引く沈黙の後に言った。彼はグラスを掲げてワイン越しに炎を見た。イレク＝ヴァドの塔の部屋は静かになっていた。使用人たちは去り、炎は小さくなっている。

「覚醒する世界はそんなに違っているの？」

「きみはそれを見つけだせたかもしれなかったのに」彼は低い声で言った。一緒に帰ろうと彼に誘われた夜があった。そのときは禁じられている旅だという話は出なかった。彼女は理由がわからぬまま断ったのだ。いま、彼女がノーと言ったのは覚醒する世界に対してではなく、カーターに対してだったのだと理解した。

「いいの」彼女は突然、彼の若い顔に窮屈そうに居座っている自己陶酔や病んだ魂といったすべてにうんざりして言った。彼は彼という人間を愛している。ランドルフ・カーター、卓越した夢見る人、冒険者。彼にとってヴェリットはずっと風景だった。彼が登ることのできる、意志ある険しい岩山、この場所に貼りつける顔だ。いつになったら、女は男の物語の脚注以外のものになれるのか？

「きみはとても美しかったな、ヴェリン」彼は言った。「美しく、賢く、勇敢で」薄あかりのなかで彼がヴェリットの顔から皺を消しているのがわかるようで、彼女の知っている落胆と愛情の混ざった侮蔑がその表情に浮かんでいた。彼は彼女——あるいはむしろ、かつての彼女だったと彼が記憶している者——にキスしようとしている。ふたりの歳月に違いがあるにもかかわらず、これだけのことがあったにもかかわらず。だから、彼女は感じてもいない疲れがひどいと言い張り、彼のもとを離れた。

ランドルフ・カーターはヴェリット・ボーの探求に同行しなかった。ふたりが共に過ごした若い頃ならばこのような冒険を断るはずもなかった。つまり、彼もまた変わったのだ。彼はイレク＝ヴァドの暗いオパールの宮殿の階段に立ち、王のものである銀の縁取りの赤いローブを身にまとい、頭には黄金の大きな冠を載せていた。そのぎざぎざの先端はそれぞれ串刺しにされた銀の鼠の装飾が施されている――彼は敵に対してモズとして知られていたからだ。なめらかな顔と白いものがまじっていない髪にもかかわらず、彼は老いて見えた。彼女より老いて、退屈でいかめしく見えた。だからヴェリットはかつて自分の知っていたランドルフ・カーターのために少し嘆いた。

ここでついに、何リーグものくたびれる旅を共にしてきたが、ウルタールの小さな黒猫は彼女のもとを離れた。カーターの隣に腰を下ろし、青いカラーをつけて宰相のように堂々としていた。ヴェリットは膝をついて最後に一度その頭をなでてつぶやいた。「元気でね、小さなものよ」このほうがいい。地底の国のような不浄の土地にとどまる猫などいないし、どちらにしても生き延びることはできないだろう。もっと悪い運命が降りかからないとしても、あまりに小さくて食われてしまう。だが、彼女はそれでも泣き、手袋の甲でひそかに涙を拭いた。

カーターはヴェリットに二十名の護衛をつけた。崖の麓では乗馬用の縞馬とヤクが待機していたし、グール族に差しだす選び抜かれた贈り物も用意されていた。赤い蠟《ろう》で封印されルーン文字が焼きつけられた小型の黒檀《こくたん》の箱だ。

地底の国への最寄りの入り口は、オクタヴィアとしても知られる八が峰の町の裏の山脈にある、銀山の深い洞窟だった。銀山は最深の立坑からつねに妙な物音が聞こえていたものの、何百年も稼働してきた——ところがある日、岩肌が内側へと崩壊し、いつになく異常な大胆さに満ちたグール族が銀山に群がりでたのだ。多くの鉱山師は死んだ。悲鳴をあげながら引きずられ、その後どうなったのか誰にもわからない者たちもいた。銀山は当然ながら廃鉱となったが、いくらか惜しむ声もあった。というのは、ここの銀は高品質で酸化しなかったからだ。

銀山通洞への旅はほんの数日の見込みで、天候と距離のうつろい次第だった。弁解がましいカーターによればこれは軽装の旅だったが、ヴェリットには絹で作られた自分専用のテントがあったから、しばしの休息より長く一行が足をとめるたびに、あっという間に設営して火鉢で暖を取った。ワインがあったし、調味された鹿肉や、泡立てたクリームに蜂蜜と降ったばかりの雪を添えたものが運ばれてきたときは思わず笑みを漏らしてしまった。彼女の知っていたカーターならば、このような贅沢をあざ笑ったことだろう。

それでも、危険とは言わないものの、落ち着かない旅だった。ペリンス山脈は夏であっても、神々に追われている者でなくても、安全だったことがない。十の月の夜はとても寒く、朝には彼女の足が白霜を溶かして岩に黒いシルエットを作った。時間帯にかかわらず、一行は遠くの氷河の雪原を移動する大きな姿を見たし、圏谷にこだましてそれがまた反響する雷鳴めいた音を耳にした。月はただの一度も現れなかったが、一万リーグむこうで神々の娯楽のために召喚されたのか、それとも、これらの岩山を暗闇のままとするために追いやられたのか、判断はつかなかった。旅の三日目の午後に、護衛隊長は足をとめて瑪瑙《めのう》の砂利川のかたわらにある草地に野営地を立てた。銀山通洞まで一時間だったが、日のあるうちに鉱山を降りて地底の国へのグール族の入り口を探すにも、そのうえ、鉱山を後にしてじゅうぶんに離れ、なんであろうと奇怪なものが夜に乗じて騒ぎ立てることから安全を確保するにも、遅すぎる時間だった。

隊長は翡翠《ひすい》の色と硬さをもつ目をした思慮深く怒れる男で、ヴェリットは二十歳だったならば彼のくちびるにキスして、あの硬い目を少しでも和らげることができるかたしかめてみただろう。そんな考えは胸に秘めておいた。彼の怒りはヴェリット個人にむけたものではなく、彼の任務に対するものだとわかっていた。老いた女をここにひとり残すことは彼の気質に大いに反することだ。

いくら隊長が注意を怠らなくても、不意打ちの襲撃は避けられなかった。護衛が二人組になって夜通し警戒し、山の獣や通洞からやってくるグール族さえも見張ってはいた。だが、脅威は高いところからやってきた。まがまがしいシャンタク鳥が、脂ぎった翼で音もなく舞い降りてきたのだ。ヴェリットは絹のテントに収まっていたが、落ち着かなくて眠れず、荷物を二度三度とたしかめていた。突如として外が叫び声と悲鳴、肉と鎧に沈む巨大な鉤爪《かぎづめ》の音、破壊的な高さから岩に落とされる身体の形容しがたい打撃音に満たされた。

彼女が荷物をつかみあげてテントから離れたちょうどそのとき、シャンタク鳥の一羽によってテントはぺしゃんこに叩きつぶされ、あまりに迫ったその腐肉の悪臭が漂い、脂っぽい羽根が顔に跳ね返ったのを感じて、後ずさりした。彼女は暗闇でも視界が利く能力をもった赤いオパールのペンダントを首にかけていた。この状況に望みがないことはあきらかだった。隊長は八つ裂きにされて彼女の足元からすぐの場所で事切れ（だが、彼の怒った翡翠の目はまだ外を見て瞬きしていた）、護衛隊のほかの者たちもすでに絶命しているか、瀕死《ひんし》で、見えないものを相手に戦っていた。彼女にできることはなかったし、この二十人の命よりも重要な任務があった。だが、それでも泣きながら、このひどい光景と音を後にして、昨夜、隊長が彼女に指し示した狭い道を走った。

銀山まで半分近くの距離を進んだとおぼしきとき、背後の音が突然さらに大きく、不吉なものになった。野営地の残骸をよりわけていたシャンタク鳥たちは彼女がいないと知って、探しだそうと激しく翼を広げた。彼女が耳にしたのは、羽ばたきと鳥たちが呼びあう声だった。強化された視野で、鳥たちの第一群の輪郭が、沸き立つ暗い空を背に赤く脈打つのが見える。銀色の光が山頂をなでているところだった。

どの神がこの襲撃を命じたのだとしても、狩りのために月を呼びだしたのであり、彼女はそれほど長く、まったくの暗闇のなかで自由に動けるとは思えなかった。

最後の時間は猫と鼠の追いかけっこだったが、猫と鼠の内訳は象の大きさの空飛ぶ猫の集団、そして知恵は備わっているものの仲間をなくした一匹きりの鼠だった。

彼女は岩棚の下の暗がりに隠れ、鳥たちが彼女から離れて飛び去るか、視界に入らなくなったときだけ移動し、通洞に通じる小石の原っぱまでなんとかたどり着いたところで、月が最寄りの山を越え、まっすぐに谷を照らした。冷たく白い光が、荒石が滝のようになめらかに連なる斜面をさらけだす。この斜面をよじ登る彼女は目につきやすかった。シャンタク鳥たちがついに彼女を見つけだし、翼を閉じて急降下してくる。彼女は銀山の坑道の低い梁の下へ走り、振り返ってみると、鳥たちがすぐ外の地面に勢いよく着地していた。一羽が頭を低くして大きな嘴《くちばし》を入れてこようとしたが、荒石が動き、滑りはじめてごうごうと音を立てる雷鳴のようになだれて、その鳥は甲高い鳴き声をあげて片側へ倒れて消えた。月あかりで白く輝く埃が舞いあがり、山脈と空を隠した。旋回するシャンタク鳥たちが通洞を鉤爪で引っ掻きはじめた。ヴェリットは必死に駆けた。

彼女が夢の国の煮えたぎる空を見たのはこれが最後となった。

銀山の中心となる坑道はなめらかな床で幅があり、なだらかだが着実に傾斜していた。イレク＝ヴァドの文書館には、銀山の厄災から逃げだした唯一の男が描いたぞんざいな地図が残されており、彼女はその地図にしたがって坑道と金属のはしごを進み、落石や古びて壊れた道具を通り過ぎ、あまりにも混じりけがなく輝くので、まるでもう製錬されたように見える銀の筋沿いをたどった。空気はどんどん暖かくなっていく。遠くで水が勢いよく流れる音が聞こえた一カ所を除けば、銀山は静まり返っていた。最深の立坑の底にある穴はふたたびふさがれたのかもしれないと考えはじめた――あたらしい心配事だ。

だが、穴は開いていた。背中を丸めたグール族一匹がかろうじて通ることのできる高さのぎざぎざの口で、彼女が身をかがめて通ってみると、そこはでこぼこしたトンネルで、いくつもの洞窟につながっており、洞窟は進むたびに前より広くなって、ついには高さ数百フィート、幅は一マイルを超え、長すぎてつきあたりが見えないほどだった。

たまに青や緑やオレンジに光る地衣が点々とこびりついた悪地を縫うように進んだ。オパールの視界は、エヴァトでのずっと昔の晩夏の午後を思いださせる二次元めいた感覚をすべてにあたえた。命あるもの（あるいは命あるものとして通用するもの）はかすかに赤く光っていた――洞窟の頭上を、音を立てないコウモリのような翼で飛び交うナイトゴーントでさえ。彼女はまだ追われていた。

疲労で動きが鈍って転びそうになったときだけ足をとめた。水筒の水は、ぬるかったが甘く、貴重であるがゆえにますます甘かった。すべての川が水だとはかぎらず、ここの水は安全でさえない。グール族を見つけるまでは、手持ちの携帯保存食《ペミカン》がただひとつの食料だ。彼らの食べ物を彼女が食べることはできないが、少なくとも彼らはどのキノコや地衣に毒がないのか教えることはできるだろう。

ヴェリットはグール族の生きかたについて少しだけ知っていた。ガースト族、あるいはガグ族からさえも、嫌がらせや暴力を受けながら都市で暮らす者もいる。また、群れて遊牧生活を送る者たちもいる。また、それでも孤独に暮らす者たちもいるが、この最後のケースでは長生きはできなかった。群れは餌のある世界への出入り口近くを徘徊《はいかい》することが多い。彼女がそうした群れを見つけることができれば、旅を短縮できるだろう。一方で、巡回しているナイトゴーント——あるいはほかのいかなるクリーチャーにも、つかまることは避けねばならない。彼女を裏切りたがっているグール族がいるだろう。ガースト族、ガグ族、そのほかの名のない獣たちも。

洞窟の床は下りながらひらけていき、ついにはとても広くて、天井の支えのない襞や重い塊が崩れてすべてが埋まらない理由はなにか想像もできない場所に出た。水が流れていたので、メジャ・レーイク号で渡った黄昏の海の下にいるのだと気づいたときはなおさらだった。瞬時に記憶が甦った——うつろう青い空を背にした赤い帆、潮の香り——だが、それは現実ではなく、ここの悪臭漂う洞窟やオパールの視界の奇妙で胸の悪くなる単調さに比べるとあり得ないほど美しく思えた。

さらに下っていくと、悪地は森林としか考えられない場所に変わった。幹のような柄《え》をしたキノコのそびえ立つ鬱蒼《うっそう》とした森で、子鼠ほどの大きさののたくる胞子が彼女の頭や腕に落ちてきた。ハラタケの森がまばらになると、そこは密集した石《せき》筍《じゅん》の迷路で、狭い空き地に最初の住居らしきものを見た。七面の平らな石だ。幅は何フィートもあり、高さは彼女の膝ほどしかなく、真紅の地衣と小さなキノコがびっしり生えているのがハタネズミのだらりと垂れた舌のようだ。こうして近くにいると冷たく忍び寄る恐怖を感じ、彼女は膝をついてえずき、這いつくばり、気分が悪くて目が見えなくなり、ついにはなにもわからなくなった。

羽根のこすれる音で目覚めた。目のない鳥が鼻先にいて、彼女の固くねじれた髪の束のひとつを曲がった嘴でむしっていた。悲鳴をあげてたじろぐと、その声で鳥は翼をふくらませて音を立てずに舞いあがった。どれだけ眠っていたか推測するのは不可能だったが、七面の石に近づいて以来、感じていた吐き気は消えていた。飲んで食べた。食料は注意深くやりくりすれば五日はもつが、水はあと二日ぶんしかない。水を切らしたら捨て鉢になって、通り道を横切る暗い川になにが流れていても飲むだろうか？　そしてその後は——湿った場所に集まった脚の多い小さなものを食べるのだろうか、あるいはもっと大きな獲物を狙うのだろうか？

荷物をかついで歩くと、石筍は、違う種類のキノコの森に変わった。がっしりした背の高い縞模様で、柳の枝のように裂けた菌膜がたなびいている。彼女はこのように風景が移り変わるのは普通ではないことを忘れはじめた。洞窟はひらいた墓、朽ちていく菌類、屍肉のにおいがした。ポトンポトンという終わることのない滴の音が精彩を欠いてどんよりした音に変わり、それも耳のなかで薄れ、ついには自分の足音と肺が呼吸する音しか聞こえなくなった。

突然、キノコの森が終わり、はっとして足元から顔をあげると、沼地から、シダのように折りたたまれて腰の高さまで渦巻く地衣の湿地が続いていた。どこもかしこも仄暗《ほのぐら》いが、空気は新鮮そのものでこもっていない。左側の遠くに、洞窟の天井のうねる襞に反射する、ごくかすかな青い光があった。ガースト族の都市だ。というのも、グール族はあの光を投げかける地衣のにおいを嫌い、ガグ族はすべての光を避けているからだ。右側は洞窟の壁がせりあがって斜面や岩棚となって天井に続いている。完全にグール族の領域だ。岩壁が険しすぎないことを願った。若い頃はロッククライミングが得意だったけれど、それもずいぶんと昔の話だ。

沼地の表面は静止することなくざわめく雑草で覆われていた。その奇妙でのたくる表面にふれたくなくて、ほかの方法を懸命に考えていると、グールの甲高い悲鳴が聞こえた。死に物狂いになったか怯えすぎて黙っていられなかったか、浅い水のなかをむきだしの足で駆けるしぶき――それに続く低くて忌まわしいあざけりの声。彼女はずっとマチェーテを手にしていた。そして手首をしなやかに動かして後ずさり、キノコの森に隠れた。

若いグール族がよろめきながら視界に入ってきた。引きずっている身体の、さらには、そのだらりとした長いあごの顔立ちのあらゆる皺に恐怖が刻まれている。逆向きの足首の高さにしか届かない泡立つ水を走ってきたところだ。さらに深くへと歩き、グールの太腿に雑草のような浮きカスが押し寄せてきた。だが、グールはそれ以上は進もうとせず、追いつめられて振り返った。勝ち誇ってあざける馬のような頭をしたガースト族が十数体、沼地むこうの森から躍りでた。楽しみのためのハンターたちだ。前脚の二叉の蹄《ひづめ》でもった長いぎざぎざの槍は先端が小さすぎてグールを殺すことはできず、手脚の自由を奪うだけだと考えられるからだ。彼女にできることはなにもなかった――だが、結局はグールもガーストも同じ末路を迎えることになった。沼地の泡立つ表面がせりあがって彼ら全部を呑みこみ、必死の抵抗をものともせず浮きカスの下へ引きずりこんだのだ。彼女は沼地を越えてその先の湿地へむかう別の道を見つけた。

それから間もなくして、突きだした岩壁の下に押しこまれたグール族の群れのキャンプの印を見つけた。齧りかけの骨や腐って柔らかくなるように放置された臓器といったおそろしい土産が、八つ裂きにされた死体の衣類や死んだ女たちの髪の毛がぐしゃりと積みあげられたなかに散らばっている。巣だ。なにもかもが最近グールたちがここに住んでいたことを示していたから、彼女はあたえられた合い言葉を叫び、自身の言葉もいくつかたどたどしく言いそえた。グールの長老に贈り物と頼み事があると。

一匹、続いて五匹、それから数十匹、何十匹とグール族が隠れ場所から現れ、かこまれた。彼女はオパールの視界がなければよかったと思うほどだった。彼らはなにより暗い悪夢を詰めこんだようで、形は人間に近いのに、とても不完全だった。逆向きの膝の関節と足首。長くて関節の多い指。疑似人間の曲がった胴体を覆う汚れた被毛。最悪なのは腐敗した犬のような顔に埋めこまれた小さな知性のある目だ。彼らは忍び寄り、もっとも小さな者たちはゴムのように冷たく小さな手で、彼女の服や皮膚にさわれそうなほど近くにやってきた。彼女は歯を食いしばって合い言葉を繰り返した。

ついに、彼らの長老が近づき、ヴェリットはそれに、いや彼女に――メスだった――カーターから贈り物として渡された小型の黒い箱を差しだした。長老はそれをヴェリットの手からひったくり、からっぽの垂れた乳房にかきいだきながら腰を折って去った。少ししてもどってきた彼女は、まるで味を好ましく思いだしているように舌鼓を打ち、忌まわしい瘴気《しょうき》にかこまれながら、ヴェリット・ボーはすべてのグール族のもてなしを受けるべしと甲高い声で宣言した。

彼らは選び抜いた食料と飲み物を差しだした。彼女は丁重に断り、これはすべて彼女にとっては毒になるが、きれいな水は大歓迎だと知らせた。彼らはあきらかにひよわな彼女を少々見くびっていたようだが、水はあたえてから、自分たちで準備した宴を始めた。

食事をする彼らにヴェリットは覚醒する世界への探求について説明したが、理由までは詳しく述べなかった。ウルタールやスカイの谷が破壊されようが、彼らが気にすることなどなく、逆にそうなれば死体が大量に収穫できるだけであり、そのほうがいいと彼らをそそのかすことになるのはご免だった。彼らは道案内を引き受けることに大いなる興奮を表現した。グール族は熱意ある者たちなのだ。そしてたっぷり話しあった後で、多くの若い者たちが彼女の護衛をすると宣言した。彼らは覚醒する世界の墓地の話を聞いていたので、ごちそうの味見をしたがった。長老は深深とため息を漏らし、老齢の女にも同行するよう命じた。若者たちというのはいつだって愚かで、守る責任のある人物を殺させてしまうか、合い言葉の聖なる本質を忘れて自分たちで彼女を食べてしまうかもしれないからだ。

出発までに、一行は二十匹ほどにふくれあがっていた。任務を命じられた気の進まない老いた女、中年のグールが数匹、大半は女である多くの若者。彼女たちの目的地は、セレネル海を渡ったレン高原を隠すぎざぎざの山脈の裾野にある港町、レラグ＝レンの地下室だった。その地下室にグール族だけが知っている階段があり、それは古びた宿屋の厚い壁の煙突をあがって覚醒する世界で終わっている。この群れのグール族は一匹として百年のあいだその階段をあがっておらず、どの墓場にたどり着くのかわからなかった。ヴェリット・ボーは覚醒する世界の広さについてほとんど知らない。その墓地がクラリー・ジュラットから遠すぎないことを祈るばかりだ。

一行は彼女の予想より速く移動し、洞窟の壁を急いで登って大きなアーチ道を通り、連なるもっと小さな洞窟やトンネルへ入った。それぞれがなにかしらを手にして――齧るための骨盤、ガグ族の腕の尺骨で作った特大の棍棒、厚く苔に覆われた墓石――そして疲れることなく弾むように歩いた。水を渡るときはいつも、グール族はザブンと足を踏み入れて墓石や骨を頭上に掲げて歩く。ヴェリットはほかにどうしようもなく、後に続いた。

若い女たちの熱意には過度なお祭り気分が含まれており、それはグロテスクだがなじみのあるものでもあった。彼女たちはラバ・ハスト、デリスク・オーレ、テリン・アンゴーリを始めとするウルタール大学女子カレッジの学生たちを思いださせてならないからだ。彼女たちにとって、大人はカレッジのフェローたちのようなもので、辛抱強く、あまりうるさくしなければ大目に見てくれる。彼女たちがこんなふうにしているのを見ると、ヴェリットがずっと感じている恐怖もひとときは薄らぐが、それも若者たちがごちそうを食べながら甲高い声をあげているのを聞き、彼女たちが奪いあっている骨は人間のだと思いだすまでのことだった。だとしても、そんなことが関係あるか？　死者にはもう骨など必要ない。

ヴェリットにとって、ガースト族とガグ族はグール族より身体が大きいのだが、なぜかおそろしさでは目減りした。少なくとも、怪物の姿形に人間らしさはまったく見られず、不気味な目にも人間の知性はかけらもなかった。グール族に対しては、ほぼ人間の姿形に彼女自身が衰えた未来を見ないでいるのはむずかしかった。彼女とこの悪鬼のあいだにあるただひとつの違いは、たいして重要ではない関節の方向だけのように。ヴェリットは時々、あごが狭まって伸び、斜めになって、犬めいていくように感じた。

一行はヴェリットには理解しがたいスケジュールで休息をとるので、たまにぼんやりしながら歩いた。自分がこのように旅することができるとは思っていなかった。ようやく足をとめると、ヴェリットは気絶するように石の地面に倒れこみ、あまりに疲れて身体を寄せて眠る壁を見つけることもできなかった。

一度、ゴムのような手に足首をつかまれたのを感じて目が覚めた。もう少し意識がはっきりしていれば、まずしゃべったことだろう。マチェーテを振りおろすことはなかっただろう。武器がその者の手にあたるのを感じ、傷ついたグールが苦悶《くもん》の悲鳴をあげるのを聞き、泣きわめきながら逃げ、肘のところで切断された腕が後に残ることはなかったはずだ。彼女はぎょっとした。というのも、それは考えているときに首を傾げる癖が似ているカレッジの応用政治学の二年生にちなんで、頭のなかでイェリンと呼んでいるグールだったからだ。しばらくヴェリットには傷ついたグールが追ってくる――不格好に生やしていた腕を一本なくして――音が聞こえていたが、それもほかの者たち二匹があたらしい骨を手にしてくちびるをぴちゃぴちゃ鳴らしながら私的な探索からもどってくるまでのことだった。その後は二度と傷ついたグールの音は聞こえなかった。

洞窟では生き物の気配がさらに増えていった。ここはガースト族の土地だから、警戒するグール族は荒れた周辺部にとどまって移動した。ガースト族はたいていグール族を殺すのだが、つかまえて家畜の群れにくわえることもあるのだ。女たちの最年少の者がヴェリットのことをとても心配するようになり、絶えず彼女の手や服をなでた。ヴェリットが何度も経験したことのある女学生の恋煩いがグロテスクになったものだったが、注意をむけられて歓迎なくらいだった。このように強迫観念めいて見守られていれば、気づかれぬままさらわれることはないだろう。

最大の洞窟の中央に、下へ通じるとてつもなく大きな立坑があった。直径は四分の一マイルで、硫黄のにおいのする熱い風が絶え間なく吹きあげてきた。片側の壁の高い位置から入ったので、立坑の下の少し先が見えた。壁に掘られた都市。幅広く勾配の急な傾斜路と正方形の入り口がいくつもあり、彼女はこれがガグ族の都市だと気づいて少しだけ慰められた。ガグ族はおそろしい——象の大きさで脂ぎった被毛、特大の手をしたクリーチャーであり、歯が並ぶ垂直に裂けた口の両側の眼柄から目が見つめている——だが、こうした土地に生息するほかのどんなものよりも彼女にとってはマシだった。ガグ族の都市は恐怖を含んでいるだろうが、予想はつく。彼女はかつて地底の国で迷ったとき、ガグの幼子に出会い、それに続いてガグの都市へ行き、しばらくそこで生き延びたことがあるのだ。幼子もほかのガグ族も彼女に親切な行為を見せることはなかったが、彼女を殺すこともなかった。

グール族の若い女たちがガグ族の都市の印を見ると、彼女たちはガグ族を狩ろうと騒ぎ立てた。グール族はガグ族を憎み、味方にじゅうぶんな数が揃っていればいつでも彼らを殺すからだ。若者の熱意を操作する経験に長《た》けた老齢の女が脂ぎった犬の頭を横に振った。彼女たちにもちろん狩りはできるし、獲物は美味であることだろう。けれどもなんと言っても、ガグ族はいつでも狩ることができる。覚醒する世界の墓地のごちそうを味わいたくないのか？　だとしたら、集中を続けるべきだ。残念がりながら若者たちは賛成したが、なにかしらのクリーチャーが高い位置から落下したのを見つけると、すぐにそんなことは忘れてしまい、先を争って、地衣に叩きつけられた肉を敏捷な舌で舐めた。

寝ずに警戒したにもかかわらず、一行は奇襲され、それはガグ族によってではなかった。グール族が厚い地衣に覆われた峡谷を疲れを知らぬ調子で弾むように歩いていると、大勢のガースト族が峡谷の縁のむこうの隠された穴から突然押し寄せてきたのだ。乱闘はたちどころに広まった。ヴェリットのマチェーテは手の届かないところにあり、長いナイフを抜いて戦ったが、ガースト族によって手から叩き落とされてしまい、重い馬のような肩でぶつかられ、物をつかめる奇妙な前脚の蹄で押さえつけられた。グール族のことはそこまで優しく扱わなかった。いたるところで彼女たちの悲鳴が聞こえ、自分はヴェリットの守護者だと宣言していたあの若い女が最大のガースト族の蹄に潰されるのを見た。だが、ガースト族はヴェリットに怪我をさせなかった。グール族の悲鳴からどんどん遠ざかるように押していき、ついに彼女にはなにも聞こえなくなった。

ガースト族は彼女の手脚も引きちぎらなければ（そうするのが常なのだが）、目を潰しもしなかった。蹄で突いていき、とうとう彼女はガースト族の一匹の背に乗るような格好になった。彼女は滑り降りようとしたが、ほかの者たちが押し寄せて、最後には最大の者の一声で血まみれの峡谷を後にした。彼らは立ちどまることも音を出すこともなく、すばやくうごめくようなゆる駆けを維持した。馬に乗っているようだった。馬の皮膚からは死んだ者のにおいがにじみ出るのであり、そのたてがみは毛ではなく、のたくる短い肉質の巻きひげだとしたらだ。しばらくして、彼女はみじめに茫然《ぼうぜん》自失の状態になった。眠っているわけでも夢を見ているわけでもなく、いつまでもぼんやりとしていたが、ついにガースト族は自分たちの都市に到着し、幅広いなだらかな背中伝いに彼女を運び、壁そのものが暗闇に染みでているように見える場所にたどり着いた。ガースト族の都市は彼女が先ほど目にしたガグ族の都市の立坑を共有していた。ガグ族のアーチ道とトンネルが立坑のすぐ先にあるのを見て、彼女は叫び、なにか奇跡が起きて幼子として知っていたあのガグ族がそこにいて彼女を思いだささないかと願った。だが、それは突拍子もない願いであり、いずれにしてもガースト族がおそろしい頭で彼女を突き、彼女は呼吸を求めてあえぎ、潰されないようもがくことしかできなくなった。

ガースト族はついに動きをとめた。彼女は汚らわしい乗り物の背から滑り落ちるような格好になり、壁に穿たれた狭い開口部に入れられた。石のドアが背後で閉まり、ガースト族の一匹がドアにもたれる重たげな音を聞いた。彼女は閉じこめられた。

ヴェリット・ボーは絶望した。ガースト族は彼女にひどい怪我を負わせるつもりも、家畜の群れにくわえるつもりもなかったが、それはつまり彼女に別の利用法があるという意味になる。彼らがナイトゴーントから自分の情報を得たことには確信があり、這い寄る深淵に投げ入れられるのか、それとももっと直接的な責め苦を受けさせられるのか、神が彼女になにを求めているにしても、神に引き渡されるまでとらえられるのか――それとも、ガースト族が自分たちの利益になるよう彼女のもっといい利用法を見つけるまでひそかに拘束され続けるのか。ガースト族はいつも自己の利益を優先し、地上の国で金銭ずくの愚かな目的を追求する小さな神々を軽蔑して、最高位の蕃神だけに敬意を示すからだ。

その部屋はとてもちっぽけで、幅六フィートもない立方体だった。メジャ・レーイク号の愛らしい小さなチーク材張りの壁のキャビンとほぼ同じ広さだが、あまりに狭くてガースト族が使える用途は考えつかないほどで、頭と前軀《ぜんく》を狭いドアに突っこむのがせいぜいだろう。つまり、これは監房なのだ。彼女のオパールの視界で特徴のない壁、閉じられたドア、天然石に掘られたふたつの格子が見えた。ながめていると、彼女の手の長さほどのヤスデが上の格子から滑り降りてきて、壁から床を這い、下の格子へ消えた。その少し後に、異なるヤスデが先ほどとは逆向きに移動した。しばらくすると、多くのヤスデがいて、この監房はヤスデたちの街道のようなものの一部なのだと気づいた。

ナイフは彼女の手から叩き落とされていたし、ガースト族が彼女の荷物を奪っている。ヴェリットに残されたのは身につけていたものだけだった。赤いオパールのペンダント。水筒（奇襲のすぐ前に安全な水に差しかかったので満杯にしてあり、バックパックにもどすよりはと肩にかけていたので）、ペミカンが一包み、金《きん》や硬貨の入った革袋、残っている信用状、いまではシミだらけの会計の手帳、覚醒する世界の黒いエナメルの物体、防水ケース入りのマッチだけだ。使えない。マッチと手帳で火をおこしてどうにかしてそれでガースト族を脅せるならば別だが。

だからヴェリットは泣きじゃくった。まだ実行されていないとしても、クラリー・ジュラットの狂った祖父が目覚めればすぐに、ウルタールは破壊される。そしてジュラット自身は覚醒する世界で行方不明になる。それにははるばるここまでヴェリットに同行してくれたグール族は死んだか奴隷になったかで、あの若い女は愚かにも彼女のために戦った。ヴェリットは自分の命さえ救うことができない。

彼女がさめざめと泣くと涙が床に落ち、忙しいヤスデたちが通り道に落ちてきたその水分の上を走った。涙のなかを動きまわって多くのルート沿いに散らばり、無数の足がガースト族の都市のすみずみまで張り巡らされた秘密の道を通り、ガグ族の都市にさえも入っていった。

夢の国には多くの神々がいる。偉大なる神々のアザトホースや白髪のノーデンス、彼らの使者である這い寄る混沌のナイアルラトホテップ。だが、従順で狂っており、心のなかでは愛を知る下級の神たちも多くいて、自分たちが愛しているものに対して、蕃神が残忍な責め苦を考えつくという事態に直面しないと、それを認識できないのだった。ある下級の神々はかつて雪を頂くハテグ=クラの斜面に住んでおり、現在は凍てつくカダスにおいてナイアルラトホテップの厳しい監視の下で暮らしているが、昔の故郷やスカイ河の美しい谷をまだ覚えていた。ほかにも、さらに下級の神ではあるが、ウルタールのいにしえのものの神殿に暮らしていた者たちもいて、供物の煙を飲み、彼らの都市、市場、家並み、広場、泉を老人めいた好意をもって見つめていた。彼らはかすかに誇らしく思いながら大学を見守っていた。歴史あるエブッタカール、ホールの多いマイアンズ、ニュー、セラン、セインズ・カレッジ、ステー＝デック、それに七大学でもっとも卑しい女子カレッジでさえも。

下級の神々は主人たちと直接には戦うことができない。しかし、力量がないわけではなかった。夢見る人たち、そして諍《いさか》いの絶えない神々によって定義される国では、確実な決まりなどなかったが、絶対の偶然もなかった。ヴェリットはかつて、穴に落ちて竹杭《たけくい》に貫かれていた幼子のガグ族を助けた。すでに大人の狩猟犬の大きさになっており、もうがっしりして、醜く、悪臭を放っていたあのクリーチャーに赤ん坊めいた愛くるしさなどまったくなかったが、彼女は地底の国でひとりきりであり、あの貫かれて、手脚の自由をなくしたクリーチャーは、心底胸の悪くなる恐怖を感じない初めてのものだった。あのとき、地衣のかすかなあかりを頼りに、彼女は穴に降りて幼いガグをもちあげて解放してやった。とても痛かったはずなのに、ガグは抵抗することも彼女に噛みつくこともせず、じっとしたままで、その垂直の口は無言であえぎながら大きく開けられ、彼女の肩からすぐ近くで腐肉のにおいを発していた。ついに彼女はよろめきながら後ずさり、大きな声で言った。「ほら、もう大丈夫」すると彼女の声を聞いたガグは、六つの足で飛びあがって駆けだした。そのときになって初めて、遠くにほかのガグ族たちが集まっていたのが見えた。成体で、巨大で、異質であり、おそろしかった。彼女をずっと観察していたのだ。もしも異なる決断を下していたら、彼らに殺されていたのはまちがいない。幼子のガグは大人たちの足のあいだを走り抜けていなくなった。その直後に大人たちが続き、それから彼女も彼らに続いた。地下から逃れるためのもっといい計画などなかったからだ。

一方、忙しいヤスデたちはガグの都市のあらゆる秘密の場所へと散らばり、行く先々でヴェリット・ボーの涙の跡を残した。あのガグ族は大人に成長しており、肉が並べられた幼少期の巣から千リーグ離れたところで暮らしていたが、それぞれ幅が一ヤードある六つの足で険しい傾斜路をバタバタと歩いて広い階段をあがった。さらにふたつの都市が共有する立坑に橋渡しされたそびえ立つ石のアーチ路を越えた。そしてガースト族の路地から次の路地へと移動し、行く手にたちふさがる建築物を叩き割り、ほんの幼い頃の記憶にあるにおいをたどった。ガグ族はなにも忘れないからだ。

このことにヴェリットが初めてなにかしら気づいたのは、監房の扉の外でパニックを起こしたホーホーという声と、肉質のなにかが巨大なあごに潰されるおそろしい音を聞いたときだった。一撃で扉は砕かれ、石の破片が監房じゅうに散らばり、ガグ族の大きな手が差しこまれ、監房の床をなでてから引っこんだ。彼女に失うものなどなく(どちらにしても、神々が彼女の探求をとめようとしてあたえるものより、すばやく死ぬほうがずっとマシだった)、ヴェリットは開いた部分から這いでて立ちあがった。ガグの頭は底の知れない目から彼女を見おろしているかのように傾けられた。そこで彼女は突然、なにが起こったのかとその理由を知った。ガグの腹には監房の番をしていたガースト族の残りが飛び散っている。

「これからどうする?」彼女は声に出して言った。

彼女はオパールの視界で、あと少しでガグの手の届かない位置のいたるところに、ガースト族が集まっているのが見えた。彼らはヴェリットの声を聞いて騒がしくホーホーと言いはじめたが、ガグはまったく音を立てない。振り返ってガースト族の都市のなかをバタバタと歩き、ガグが近づくとガースト族たちは引き下がってから、かたまって彼女たちを追ってきた。ヴェリットはガグの隣を歩きながら、その脇腹にある古傷に片手を当てた。

驚いたことに、広くて天井の低い洞窟へもどり、ガースト族がホーホーと言いながらの追跡をしぶしぶ諦めてからも、ガグはヴェリットの元を離れなかった。しばらくしてから、彼女が地底の国を離れるまでそばにいるつもりなのだと気づいた。ガグはまったく音を立てず、耳があるようにも見えない。けれど、彼女は目的地についてグール族の言葉でペラペラとしゃべり、レラグ＝レンの地下室を見つけたいこと、もしそこが通れないのならば、覚醒する世界への別の道を見つけたいことを伝えた。ガグは理解した様子をまったく見せなかったが、命令でもあたえるかのような足取りで歩き、彼女はそれにしたがった。

時間の感覚がなくなった。ガグはキュクロプス式で作られたたぐいの都市は避けたが、ひらけた地形を横切ることをためらわないため、進みは早かった。眠ることも、どうやら疲れることもないようだった。なにか食べることもない。彼女は疲労から倒れこんでしまうといつも、最悪の事態を恐れた。しかし、目覚めるたびに彼女は無傷で、ガグは彼女を守るかのように巨大な六本脚の猫を連想させる姿でうずくまっている。グール族から食べられるものを教わっていたので、彼女は石からよく茂った地衣をはがして貪り食べながら歩いた。水筒がからっぽになってからは、壁を伝う水を舐めた。彼女はもともと痩せていたが痩せほそってきて、とても古びて人間ではなくなったように感じ、異質なもの、知られざるものになった気分だった。ウルタールを思いだせば、ぼんやりとした不安をともない、かつて日射しと緑、鮮やかな色とりどりの雲、そして声のあるそんな場所について耳にしたことがあるという思いに至った。

洞窟にやってくると、ガースト族が、足を引きずる盲目の動物たちの大きな群れの番をしていた。飼い主と変わらぬくらい獣めいた人間たちだった。彼女はガグに彼らを解放してやってくれと頼みこんだが、ガグは無言で行進を続けて足取りをゆるめることさえなかった。またあるときは、ガグがほのかに光る液体の湖のほとりに膝をついてかがんだので、背中に乗れという意味だと彼女は受け取った。彼女はガグの顔をふたつに割ってぱっくり垂直にひらいた口を間近に見ながら、湖を渡った。

ある時点で、ヴェリットは少数のグール族の一行につけられていると気づいた。彼女は罠をしかけて一匹をつかまえた。中年のずる賢い女で、この種族の標準よりもどこか知性の窺《うかが》える目をしていた。ヴェリットは質問したが、女は答えることを拒んで、ついにはガグが前足をグールの胸に置いて圧迫した。グールは悲鳴をあげてから、切れ切れのぜいぜいという、弾むような金切り声で返事をした。ヴェリット・ボーはひとりどころではない諍いをする神々に捜索されており、それぞれにそれなりの理由があった。ある者は騒ぎを起こしたがっており、彼女の探求を終わらせることでそれは確実になる。またある者はクラリー・ジュラットの祖父である大いなるものを嫌っており、どんな手段を使っても彼を苦しめられることに喜びを見いだしていた。さらにほかの者たちにとっては、ヴェリット自身が目標となっていた。神々はなんの理由もなく憎むことができて、彼らの悪意が彼女にむけられたのだ。

グールは話を続けたが、口から血の太い筋がこぼれ、声に湿ったゴボゴボという音がまじった。ほかの者たちよりずっと積極的なある神が、ヴェリットを彼のもとに届ければ、いかなる地底の国の住民であっても、新鮮な死体を山とあたえると申しでた。このグールと彼女の仲間はその褒美をいただこうと決めたのだった。

安全に進めるルートはないか？　ヴェリットはそう訊ねた。グールはゴボゴボと喉を鳴らした。地上の国へふたたび入ろうとしたらヴェリットは確実につかまるだろう。ガグがさらに胸を圧迫すると、グールはあえぎながらゆっくりと言いたした。ひょっとしたら、サルコマンドの下にあるいにしえのグールの都市からならば。夢の国にふれることなく、地底の国から覚醒する世界へ直接行ける道がある。

ヴェリットはさらに質問しようと口を開けたが、ガグが身を乗りだしてグールの頭を肩から引きちぎった。血と脳が地衣に覆われた石全体にはねた。ヴェリットは気分が悪くなって後ずさりした。だが、ふたたび顔をあげると、なにも残っておらず、骨のかけらひとつさえなく、ここかしこに血が飛び散っているだけで、ガガがなにやら呑みこむ音がした。餌を求める青白くて外皮の柔らかな甲虫たちが早速、岩の裂け目から現れて、口器を血痕に押し当てた。すぐに血痕さえも消えるだろう。これでいい。少なくともこうしておけば、ヴェリットを狙おうとする者はいないだろう。

感謝と恐怖がずしりとないまぜになったが、感謝のほうが恐怖に勝っていた。グールの合い言葉はもはや信用できず、ガグはその不可解なありかたなりに、彼女のただひとりの味方だった。もしも最初の計画通りにレラグ＝レンにむかっていたら、神々かあるいは彼らの冷酷な使者たちが彼女をとらえ、彼女の探求は終わりを迎えていたはずだ。あのグールを罠にかけたことには、もうひとつの利点があった。グールは彼女の手の長さほどある、切っ先で血を流せるほどの鋭い銀色の黒曜石を所持していた。ヴェリットはこれをジャケットの下のからっぽの鞘に収め、安堵感で思わず泣きそうになった。ついに、ふたたび武装できたのだ。

永遠に思えるほど歩いたのち、連続する広大で天井の高い回廊にいると気づいた。特大で不可知の手、あるいは鉤爪のある足によって作られたものだ。どれも長さは数百ヤードで幅は五十ヤードのまったく同じもので、荒廃した建築物、玉岩、建築用石材、石化した木が無造作に置かれ――あらゆるものの下には凍てついた水が集まって悪臭を放っていた。そびえるような天井は風変わりな形に彫られている。ある回廊には信じられないほど細かい葉脈の網縄模様があり、次の回廊には変形の菱《ひし》形花葉文様《ラティ》と松毬文様《ボテ》、第三の回廊にはよじ登る芋虫めいた雷文装飾が施されていた。これらは空のつもりなのだと、彼女は突然気づいた。移り変わる模様を見たことがなく、描写を聞いたことしかない存在が解釈した空だ。ここはガグ族の都市ではないが、このガグは知り尽くしていた。第七の回廊でガグは切り開かれた通路へ曲がり、そこでは積みあげた天然石の隙間がぎっしり並べられた化粧石で満たされていた。この通路はのぼり坂になりはじめ、先広がりの螺旋を描いてカーブしており、ついにヴェリットは大きな左回りの階段をあがっていた。ガグは彼女のすぐ後ろでこの通路をほぼふさいでいた。

一定しない間隔で、階段は広がって幅が二十ヤードほど、天井はヴェリットが上に伸ばした手で届くよりほんの少しだけ高い円形の部屋となった。ガグはこうした部屋では背中を丸めてぎこちなく這っていった。どの部屋にも円周の等間隔に配置された七つの窓がある。そうした窓のもっとも低いものからは、サルコマンドの下の都市のあの回廊が見おろせた。しかし、その後はオパールの視界でも窓のむこうの暗闇のベールを貫けないとわかった。そのことから、彼女自身の世界のどこかを覗きこんでいるのではないと推測した——ひょっとしたら、人間の次元でさえないのかもしれない。

彼女たちはひたすら上を目指した。階段、部屋、そしてまた階段。何個目の七つの窓の部屋なのかわからなくなった。何度も曲がってつねに上へ、左へと進み、感覚がなくなり、筋肉がひどく熱くなって膝の軟骨がぎりぎりとこすれ、肺がせわしなく動くのだけを感じた。体力を、続いて気力を使い切ると、外壁に寄りかかって目を閉じながら登り、顔に部屋があると告げる風を感じたときだけ目を開けることが容易になってきた。彼女は足をとめて窓の外を見た。

五十番目か、七十番目か、百番目かの部屋にやってきて、彼女が目を開けると、ぎざぎざの刃のように粗暴ななにかに目を貫かれたと感じた。彼女は叫び声をあげて引き下がり、両手をあげて目を守ると、ガグが彼女を追い越して前に進みでた。

だが、ガグはオパールの視界と、すべての窓から太陽のようにまばゆくきらめく白い光とをはばんだだけだった。ヴェリットは喉元から赤いオパールをもちあげ、片手できつく握った。

ここにいるのは彼女たちだけではなかった。

彼女の前に人影が立っていた。あきらかに若くて見まごうことなき男で、琥珀色の皮膚、長い顔、翼のような眉、そして見事な彫刻めいたくちびるが彩る表情は、神々の軽蔑、慰み、言い表せない退屈が混ざったものだった。彼は襞になったローブを着て、頭飾りをつけていたが、それはまるで振動しながら目に見える領域を出入りしているように、はっきりと見えなかった。彼がツイードのスーツと学者の絹のガウンを着ていたならば、彼女の三次《さんじ》鞍型《あんけい》の講義に出席する若い男たちがちょっとばかり完璧になった姿のように見えただろう――ただし、彼のスミレ色の目を除けば。その目は完全に狂っていたから、彼は神々の使者だとわかった。

「あなたはわたしをとめられない」彼女は言った。彼女の隣のガグは低い天井の下に収まるように身を伏せていたが、その姿勢ならば四つの巨大な前脚で自由に攻撃できる。頭を垂れて、口の両側の目は焼けつくような光に細めていたが、警戒していた。

「俺にはとめられないだと？」そう言った使者の声は音楽を思わせた。だが、彼の笑い声は地上の神殿の塔を打つ稲妻のように轟《とどろ》く音だった。「ここの壁は薄いのだぞ、おまえの小さな世界とこの部屋を隔てるものは。だが、そうだな、ひょっとしたら俺にはとめられないかもしれない。それでも、しばし足をとめて俺の話を聞くだけの知恵はあるだろう」

「聞いている」自分でも稚拙な返しに思えたが、できるだけ話さないようにすれば、致命的なミスをする可能性も低くなる。

「ここを登って重要ではない神の末裔《まつえい》を取りもどしても意味がない。おまえの旅はなににもならないんだ、ヴェリット・ボー。ウルタールは破壊され、スカイ平原はあらたな荒れ地となる。おまえの世界に帰って、人生から拾えるかけらを拾え」

相手が神の使者だろうがそうでなかろうが、ヴェリット・ボーは嘘を看破することにおいて経験不足ではなかった。彼女は首を振って「いいえ」とだけ言った。

彼のスミレ色の目は哀れんでいたが、その奥底ではつねにあざ笑っていることがちらりと窺えた。「俺を信じようとしないのか。俺の手を取れ、そうすれば見せてやろう」

「いいえ」彼女が前進すると、ガグも彼女の隣にじりじりと進みでた。使者は身動きせず、首を傾けて狂ったスミレ色の目で彼女を見おろした。

「わたしにはわかる。あなたはわたしをとめられない」ヴェリット・ボーは言った。「あなたにそれができるならば、わたしはもう死んでいて、この部屋は黒い灰で汚れていたはず。それにもし、ウルタールが本当に破壊されたのならば、あなたはわたしに幻視をもたらし、遺物を見せたでしょう。あなたはここでは影に過ぎない。あなたに力はない」

彼のほほえみはあらゆる暗黒を含んでいた。「ひょっとしたら、そうかもしれない。あるいは、ひょっとしたら、俺の手をおまえで汚さないことを選んだだけかもしれない。ほかの者たちがそうするだろう。ひょっとしたら、いまから俺がおまえのウルタールをこの手で破壊するかもしれない」

彼は消え失せ、同時に窓からのまばゆい白い光も瞬きして消えた。ヴェリットは完全な暗闇に包まれ、周囲はざわめきに満ちた。グール族の攻撃の雄叫《おたけ》び。彼女が手探りでペンダントを首にもどすと、オパールの視界がぱっと燃えあがり、平坦になって、薄暗くなった。この円形の部屋は敵だらけであり、ガグは天井と床のあいだにはさまって、巨大な前脚を振ってはグール族をなぎ払っている。彼女は黒曜石の刃を抜いて戦った。

ヴェリットひとりだったならば、とても抵抗できなかっただろう。しかし、ガグは強く、狭い場所にもかかわらず、すばやかった。上へむかう階段への道を前脚で切り開いた。彼女は走った。前方にグール族が現れ、彼女が刃で攻撃すると、黒いガラスは手のなかで粉々に砕けた。壊れた柄をグールの驚いた犬のような顔に投げつけ、階段へ走った。いままでの階段よりも狭かった。ガグが後に続くことができる方法はない。

彼女は立ちどまって一番下の段を振り返った。ガグはグール族に取りかこまれ、背中側はつねにグール族から石の刃で突かれ、骨の棍棒で殴られている。低い天井に拘束され、はらわたのようになめらかな床で滑り、ガグは簡単に方向を変えられない。四本の前脚のひとつでグール一匹をつかんだが、そいつが身をかがめてガグの頭に嚙みつき、別のグールが飛びあがって、尖らせた腸骨で眼柄の付け根を狙った。

「危ない！」ヴェリットは叫び、勢いよく近づいた。

するとガグはひょっとしたら彼女の声が聞こえたのか、七つの窓のある部屋の石の天井にむけて後ろ脚で立った。ガグがぐいと押すと石がこすれあってうめく。それから、ひどい悲鳴をあげて石はガグの肩で崩れた。ヴェリットは突然、白い大理石のプレート、ゴロゴロと転がる粗い灰色の石、錆びついた鉄の梁の印象を抱き、続いて焼き尽くすような光が崩れた屋根から射して目がくらんだ。彼女が悲鳴をあげると、ガグが突進してきた。なにかが彼女の頭にあたった。気絶するとき最後に考えたのは、ひとりでに選別されて意味をもったひとつの言葉だった。ウィスコンシン。

ウィスコンシン。それは場所だった。彼女がいる場所だった。州の名でアメリカ合衆国にあり、そこもまた彼女がいる場所だった。いまはジューンで、それはサージェルのこと——ここでのカレンダーにおける六番目の月だった。彼女はいまが何年かも、年がそのように数えられている理由も知っていた。ウィスコンシン州ジェル・レイク。午後なかば。

あたらしい情報が滝のように頭に流れてきた。頭はぶつけられたように痛んだ(たしかにぶつけられたのだと思いだした)。あるいは、まるで頭の回路を配置しなおしているようだった。それにこの語彙やこうした概念もまたあたらしかった。目を開けることができず、自分が息をしているのか、心臓は鼓動を打っているのかさえもたしかではなかった。顔に温かみがあり、彼女の下には粗くて固い表面があった。横たわっており、ちらりと安堵して気づいた。命があってもなくても、身体は彼女のままだった。近くで低く絶え間ないうめきが聞こえ、それは音程が変わることも、息継ぎのためにとまることもなかった。わたしは夢を見ているの？　と考えて笑いだした――彼女が確実にしていないことは夢見ることだったから――それがわかって目を開けた。

彼女はひびの入った粗い舗装の道――アスファルト、という言葉がひらめいた――に横たわっており、道は放置された墓地にあるくぼみを通っており、隣には小さな神殿――教会、ルター派の教会があって、茶色の煉瓦《れんが》と自然石の質素で単純な造りだった。空を隠しているのは背の高いオークなどの木々で、尖った葉の木、カエデがあり、地面のイチゴツナギやウシノケグサは芝刈りが必要で、メヒシバやハコベがまじっている。道の隣には、まぐさにひびの入った苔のむした大理石の霊廟《れいびょう》があり、錆びた鉄の門は蝶番の部分からひらいていた。

彼女の隣の絶え間ないうめきはガグだった――あるいはガグであったものだった。いまの姿に対する言葉が頭にひらめく。ビュイック・リヴィエラ。これもまた、遠くの土地フランスにある海岸の名だった。一九七一年、これが作られた年。ほぼ五十年前だ。それからなにもかもが頭に浮かんだ。内燃機関のエンジンの仕組みやキーのありか、ワイパーの動かしかた、ウィスコンシンは冬の土地だから5W‐40の合成エンジンオイル、三万回点火されたR44TSスパークプラグ——こうしたデータが次々にやってきてあるべき場所に収まり、ついに彼女は自分でこの車の整備をしたかのようにスペックがわかった。デジタル・イグニッションのためにソケットを交換。ポケットバルブの調整。彼女は理解した。覚醒する世界にはガグをありのままに描写する概念がないから、ガグは小さな墓地まで彼女についてくると、存在できるものへと形を変えたのだ。車高が低くて傾斜になったルーフの車、前端が突きだして垂直のフロントグリルがあり、長くて先細りになった後ろの窓と、左右に分かれて斜めになったリアバンパー。なにもかもが埃で灰色がかったゴールドで、まるで彼女たちは長い砂利道を降りたばかりのようだった。

彼女は少々ふらつきながら立ちあがった。身体が痛んだし、血液中で毒に変わった——アドレナリンのせいで吐き気もした。彼女はジーンズ——綿のズボンだが、ここでは女もズボンを履く——とブーツと黒っぽいTシャツを身につけていた。片手をあげた。赤いオパールはまだ喉元からぶら下がっていたが、もはや彼女の視力には影響を及ぼさなかった。彼女はあり得ないほど清潔だった。髪がきっちりねじられているのを感じて、一束を前に引っ張ったら、まだ銀髪まじりの黒だった。この世界にはガグ族のための入り口はないかもしれないが、老いつつある女のためにはあきらかにあるのだ。そのことで、この世界が彼女ぐらいの年齢の女に期待しているものがわかって、落ち着けた気分になった。自分の国にいるのと同じくらい、彼女は自然とここになじんだ。

ガグのボンネットにもたれて古いV8エンジンの安定したうめきを感じた。左のリアバンパーの長い臀部《でんぶ》は過去に損傷を受けてボンドで修理され、その上から塗装されてはいなかった——ずっと以前に幼子だったガグがグール族の落とし穴で貫かれたちょうどその位置だ。ガグはこの変身をどう思っただろう？　鋼鉄に閉じこめられ、歯も鉤爪もなく、ふたたび肉を味わうこともなくて絶望しただろうか？　それとも、ガソリンの澄んだ味わい、あたらしい筋肉のスピード、賢く温かい手の持ち主たちが悪いところを修理してくれるそのやりかたを喜んだか？

フロントガラス越しに、ジャケットがベンチシートに投げてあるのが見え、ほかを見なくても、自身の世界で持ち歩いていた同じ品々がそこにあるとわかった。レオン・アテスクレの贈り物、マッチ、会計がくれた金《きん》と硬貨。この世界には、彼女の家や仕事や過去があるんだろうか？　恋人たちや、元恋人たち、大学でのポストは？　ハーヴァード、イエール、ワシントン、ミズーリ、ミネソタ、メノモニー、ベイカー、オックスフォード、ケンブリッジ、ソルボンヌが、まるでインデックス・カードをめくっていくようにぱらぱらと落ち着いた。彼女には治療師が――いや、かかりつけ医、投薬治療をする人物がいるのか？　しかし、空白がたくさんあった。彼女にはガグがいて、ガグが載せているものがある。頭のなかへふるいにかけられてくるこの覚醒する世界の知識がある。自分自身がいる。これはランドルフ・カーターが初めて夢の国にやってきたときにこうだったと語ったのと同じだ。若者――ここではティーンエイジャーという言葉だった――として、彼は必要なことはすべて知っていたが、空白があった。

ヴェリットは伸びをして（この動作は少なくとも以前と同じに感じた）粗い芝の

上へ歩き、近くの墓石をながめた。フェラー。アクストマン。ハルヴォーソン。ジョンスン。彼女はアンダーソンに指先をあてた。流麗なAの文字に詰まった苔が古い紙のように乾燥してもろくなっている。

その初めての圧倒されるような瞬間に、この覚醒する世界がどれだけ広大なのかを完全に把握した。七十億の人々。これだけ広くて、これだけの人々がいるというのに、どうやってクラリー・ジュラットを見つける？　その問いかけをしながら、彼女は答えを知った。ハテグ＝クラであたえられた小さなつやのある箱はスマホであり、どこかの夢見る人が焔の神殿に忘れたか、置いていったものだった。いまでは彼女のものだ。かつてはガグだった車の窓からなかへ身を乗り入れ、ジャケットを引っ張りだすとさらなる詳細がするりと収まった――パスワードによる保護、GPS、マップ、アプリ。彼女がふれるとスマホがさっと明るくなった。以前の所有者だった男の情報はまったくない。〈お気に入り〉のリストには名前がひとつだけあった。クラリー・ジュラット。その名にふれると、スマホは手のなかでウーンといった。検索窓に不器用な指でその名を打ちこむと、マップのなかに青いドットが点滅して、そこにはクラリー・ジュラット789マイル、と書いてあった。

これもあたらしいことだった。ここでの距離は固定されたものであり、変化しない。

ビュイックに乗ってシフトレバーを動かすと、ガグの声の音程と音量が変わった。すべての操作はヴェリットに植えつけられたもののようだった。シフトチェンジやスピードを落とす鮮やかな連携、方向指示器、換気、取っ手をまわして開ける窓。ごつごつした小道は曲がりくねる幅のある道に変わり、木漏れ日の射す墓地のもっとも古い箇所から、正面の門へ通じていた。彼女は道路に出て、ふいにとまった。

墓地では、それは鬱蒼とした木々で大部分は彼女から隠れていた——空だ。青く完全にからっぽで、青、青、青、モザイクのように移り変わることも、ぼんやりと沸き立つねじれのなかでつねに花咲く特大の異質性のうねりもない。青であり、特徴も重量もない。一羽の鳥がカエデから道の先のニレの枝へ飛んだ。そのむこう、頭上高く、視界の先端に黒いシミがいくつか見え、続いて、もっとよく見えるまで舞い降りてくると、それはムクドリの群れで、雲のように広がり、のたくる霧のように、柱を作って渦巻くブヨのように、群泳するニシンのように、飛びながら方向を変えていた。そしてムクドリのむこうには、空。からっぽで、質感がなく、意味もない、平らで、青の。

彼女はピックアップ・トラックがクラクションを鳴らしながらすっと横を通り過ぎるまで空を見つめていた。

クラリー・ジュラットはモンタナ州マイルズ・シティにいた。スマホが複数のルートを提案し、ヴェリット・ボーは最速のルートを選んだ。車で走り抜ける土地は木々の緑と作物の鮮やかさが冴《さ》えてセレファイスの内陸の田園を思いださせた――ただし、丘はもっとなだらかで、丘のむこうに山もなく、雲と虚空があるだけだった。

　平らで古くはない建築物のある小さな町をいくつも通り過ぎた。装飾のない煙突、破風造りの広い窓、羽目板張りの壁という家々が並んでいた。目抜き通りは幅広く、煉瓦とガラスの背の低い建物が面していた。商品やきらきらと並ぶ売り物の車がいっぱいに収められた大きなコンクリートと鋼鉄の箱が並ぶさらに広い道路もあった。白、黒、そしてあらゆる色の看板がハイウェイにも町中にも、いたるところに見られた。通りの名前、店名、セール情報、警告、広告。夢の国にはこれほど強調されて分類された場所などない。通りにも道路にも看板はなく、店は表の窓に小さな張り紙があるだけだった。宿屋の看板でさえも、絵だけだ。看板というのは、あるものがここに、あるいはそこにあるという約束であり、その法則はペンキが残っているかぎりしか続かないものだった。ここでは、神々や彼らのもっと厳しい監視人たちの気まぐれで変わるものはなにもなかった。

この場所には神々がいなかった。質量のない空のからっぽさを感じるのと同じように、それを感じることができた。空気は六月の草のにおいと、最近の雨、鳥、飛行機雲のほかはなにもない。ここの重力は煩わしさが少ないとでも言えばいいのか、気軽さがある。けれど、物事を軽くしているのは重力が少ないからではなかった。神々の不在だった。まるで彼女は生まれてからずっと重い皮をかぶって歩いており、ついにそれを脱ぎ捨てたかのようだった。

ガグのエンジンが西にむけてゴロゴロと喉を鳴らし、何車線もあるハイウェイにやってくると、灰色、白、クレドの密林の鳥を思わせる色の車で混雑していた。中規模の町にたどり着き、そこに立ち寄って金《きん》をいくらか紙幣に換えた。ガソリンを入れた。鶏肉を食べ――夢の国には鶏がいないので、彼女にとってあたらしい体験だった――冷たい茶を飲んだ。ガグは絶え間なくうめきつづけ、彼女はハイウェイに導かれて飛ぶように店、背の高い木々のかたまる郊外、雑然とした界隈を通り過ぎ、午後遅く、険しい岩壁のようにそびえ立ち、クリスタルと鋼鉄できらめく建物のある輝く都市にやってきた。そこを走りすぎると、沈む太陽が彼女の前で翼を広げ、木が集まってなだらかに起伏する平原の上の空では、高い位置のすじ雲に火がついた。太陽が沈んで最初の星々が現れた。金星とレグルス、続いてデネボラとほかの星々。何十個も、さらには何百個も、想像したこともないくらいたくさんだった。道路に集中できず、車を路肩に寄せて空が花ひらくのを見つめた。そうだ、何百万個も。何十億個も。

ヴェリットは夜を過ごそうとモーテルに立ち寄った。おしゃべりな宿屋のあるじも、一階の酒場で飲んでいる地元の者たちもいなければ、宿を取りかこむ保護壁もなかった。彼女はいま身につけているものしか服をもっていないので、モーテルの受付のデスクの奥に立つ灰色のパンツスーツ姿の礼儀正しい若い女に助言を求めると、大きな箱に行くよう言われてそこが店だった。その後、特大のベッドの上に川の峡谷の白黒写真がかけてある長方形の部屋で寝た。

大理石の高台に立ち、静まり返った夕映えの街を見渡す夢を見た。ウルタールだ。まだ存在していた。あの神の使者が嘘をついたというのは正しかったのだ。斑岩と碧玉《へきぎょく》の長い階段を下ると門で、そのむこうにハテグ＝クラの神殿の地下の庭が見えた。だが、門には鍵がかかっている。彼女は首を振り、夢を揺さぶって目覚めた。窓の外を見やると、月がまん丸で、平らで、白かった。よくわからないくらいゆっくりと動いて重力の、そして物理の幾何学に従順だった。

何百万個もの星。

朝になってみると、ＧＰＳマップのタグは、クラリー・ジュラット４６７マイルとなっていた。田園の風景はヴェリットが暗くなってから運転していた時間帯に変化していた。木々はなくなり、土地が平らになった。緑がかった黄金の草だけが残り、草原でまれに密な襞になっているのは、帯状に並んだ生い茂るコットンウッドの木で区切られた水路だった。そして時折、建物や看板や木々がかたまっていた。

それにハイウェイの出口。それ以外は、この土地は砂漠のようにからっぽに見えた。風で活気づく緑の砂漠だ。

彼女は運転し、太陽が背後で漂い、昇り、頭上を越えた。おそらくサングラスをもっている気がして、実際にグラヴ・コンパートメントに入っているとわかった。ガグにはエアコンがないため、彼女は窓を開けて運転し、むきだしの腕が熱くなった。空気はコンクリートとエンジンオイル、花粉、埃、日射しの味がした。

田園は荒れていき、突然、悪地となって、あたかもどこかの未知の神のやみくもなかんしゃくが終わったとき、崩れたかのように、岩の大半の部分が裂けて斜めに削れていた。だが、神の仕業ではなく、火山活動、氷河、風、雨、計り知れない永《えい》劫《ごう》の時がしたことだった。悪地が柔らかくなって乾いた草と茂みに、ブロングホーンや家畜がいて起伏する丘のなかの露頭となった。彼女は給油のためにとまり、トイレのためにとまり、喉が渇いたからとまり、腹が空いたからとまった。ときには声のない風に耳を澄まし、からっぽの空を見なければならないのでとまった。

クラリー・ジュラット　217マイル。

クラリー・ジュラット　８４マイル。
クラリー・ジュラット　１２マイル。

ヴェリット・ボーはクラリー・ジュラットをコモン・グラウンズという名の店内で見つけた。煉瓦と黒っぽい板の壁が、焼き菓子や淹《い》れたコーヒーのにおいをかこんでいた。戸口で足をとめると、長いスチールのカウンターのむこうに彼女が見えた。ウルタールでクラリーは擦りきれたスカートやワンピースに大学のローブ、スクエア・ヒールの靴という服装をしていた。髪はなめらかできっちりフィッシュボーンに編まれていた。大学の女にふさわしく奥ゆかしい服装だが、彼女のカリスマ性は輝きを放っていた。いまでは――彼女はどのくらいここにいるのだろうか？――黒髪はうなじに落ちかかる長さでぎざぎざにカットされて乱れており、長い耳たぶには銀の輪っかがついている。細身のジーンズと柔らかなキャンバス地の靴――ヴァンズ――それにTシャツ、黒いバリスタのエプロンといういでたちだった。左腕には手首から袖の縁までを包むタトゥー。

コーヒー・バーの背後には鏡があり、ヴェリットにはジュラットの肩のむこうに自分の姿がちらりと認められ、ジュラットと同じように自分自身も知らない者のように見えた。束になった髪、喉元でカラスの翼のようにひらいた黒いブラウス。どちらも、この覚醒する世界で変化していた。

「なんにいたしま――」クラリー・ジュラットが音楽に満ちた聞き慣れた声で言い、ほほえみを浮かべて顔をあげたが、ふいに黙りこんだ。「ボー――教授?」

「ジュラット」ヴェリットは言い、その言葉によって、待ち焦がれたなによりも新鮮な水を顔にぱしゃりと浴びせられたように感じた。これで彼女の探求は終わりだからだ。ついに、ついにだ。

「どうしてここに? なにか――まずいことでも? わたしの父ですか?」

「そうよ」ヴェリットはあからさまに言った。「あなたのお父さんではないの。でも、そうよ、まずいことがあってね。話をする必要がある」

ドアのベルがじゃらじゃらと鳴った。「いまは話せません」クラリー・ジュラットがそう言い、ベビーカーを押したふたりの女が歩いてきた。鮮やかな紫と緑の服装の幼児がひとり、彼女たちの隣をチョコ！　チョコ！　と叫びながら駆けてきた。

「七時にもどってきてください。あと一時間半後に」

ヴェリットはマイルズ・シティを歩きまわった。小さな町ですぐに歩き終えてしまったが、愛らしくて、木と芝生と木陰がたくさんあった。ここがクラリー・ジュラットの選んだ故郷なのだ。学校はどれも低層の煉瓦造りで、まるで子供たちが遊ぶことを許されているかのような滑り台、ブランコ、登る遊具でいっぱいの運動場があった。いたるところに人々がいて、半分は女だった。教会は無言で眠っていて神がいなかった。乾いた血のにおいもしなければ、静寂に包まれた祭壇にシミもなかった。

七時にもどってくると、クラリー・ジュラットはヴェリットを青と白の羽目板張りの狭い家へ連れて行った。そこにおいてあるベッドでほぼいっぱいの小さな寝室、緑のタイル張りの浴室、空間の残りがキッチン、ダイニング、リビング、玄関を兼ねたひとつきりの部屋だ。クラリーはカシスのアイス・ティーを注ぎながら、この家について誇らしげに話した。木のキッチン・テーブルと揃いの椅子、一週間前に購入した小さなノートパソコン――「これがなんでもしてくれるんです」と彼女は畏敬に満ちた口調で言い、思わず自分で笑っていた――部屋の中央に広げた新聞紙の上に載っているリサイクル・ショップのドレッサーは、ネットで見つけた動画を参考にリメイクしているところ。男の存在をほのめかすものはまったくない。彼女はすべてをヴェリット・ボーに見せて、ヴェリットはなにも言わず、心のなかでクラリー・ジュラットのために泣いた。

とうとうクラリーは言った。「ピザを注文しませんか？　そうしたら、どこにも出かけなくていいですし。キッチンで食べればいいし、ビールもあります」

「もちろんよ」ヴェリットは言った。「わたしは運転中に突然、カナディアン・ベーコンと思ったのだけれど、それがなにか知らないの。ただ、ピザに載せるものだということしか」

クラリーのほほえみは日の出のように黄金にきらめいて美しかった。「はい、わたしも一度も経験したことがないのに、たくさんのことを知って目覚めました」

彼女はピザを注文し、冷蔵庫からビールを二本もってきた。ヴェリットは一本を味見した。苦くて泡立っている。ひょっとしたら顔をしかめたのかもしれない。クラリーが詫《わ》びるようにこう言ったからだ。「わかります、プシェントのエールほど美味しくないでしょう？ ここのビールはいままで飲んだかぎりだと、そんなに美味しくないんです。それで、教授、どうやって、そしてどうしてここに？」

「あなたもわたしをヴェリットと呼んで。あなたをここに連れてきた男はどこにいるの？」

ジュラットは小さくため息をついた。「ああ、スティーヴン。彼がわたしをここ、ここに連れてきたんじゃありません。彼はここの西にあって山と松の木ばかりのミズーラ出身なので、わたしたちはそこへ行ったんですけど、別れて、わたしは東にやってきたんです。もう四カ月になります。わお、もっと昔のことみたい」

「別れることになって残念ね」ヴェリットはそう言うべきだと思ったからそう言った。

ジュラットは悲しそうだったが肩をすくめた。「わたしから言いだしたんです。この覚醒する世界にやってきたら、彼は——全然違って見えた。彼はきっとこんな人だと思っていた姿に比べると、すごく小さかったんです。すべてわたしの想像でしかなかった。ここに来るまで、わたしは彼に恋をしていると思ってました」彼女は首を振る。「おかしなものですね、こういうのって。同じ気持ちだと思ってたら、そうじゃなくなって、全然説明がつかないんです」

ヴェリットは言った。「彼ではなかったのね？　あなたが愛したのは。これだったのね」そして身振りで示した。この部屋、マイルズ・シティ、覚醒する世界。冒険。

クラリーはうなずいた。「はい。どういうことかと言うと、わたしはコーヒー・ショップで働いてます。ここの人たちはそのことを気にもかけません。その人たちにとっては、退屈な仕事って感じで――でも毎日、人々はわたしに挨拶するんです。毎日誰かしらあたらしい人に出会う。威勢がよかったり、ほがらかだったり――計画、怯え、愛、不安、そしてわたしにはなんなのかさえ、わからない、そういうパーツでできた全然まとまりがない人たちです。どうやって説明すればいいのかわかりません。でたらめで意味があって美しいんです。言ってることがめちゃくちゃなのは、わかってます」彼女はどことなく挑戦するように、小さく笑い声をあげた。「わかる」ヴェリットは言った。「わかりますとも。わたしは昨日到着した――ウイスコンシンに。だから運転してきたの。ここでは誰も本当に思っていることを人に語らない。彼らの世界にどんな意味があるのかも」

クラリーはビール瓶のラベルを突いた。「それにどこに行っても女や異なる色の人々がいて、それがとにかくすばらしいんです。科学。地理学。ここでは数学に筋が通っていることをご存じですか？ これを見てください」彼女はタトゥーを入れた腕を伸ばした。彼女の腕をぐるりと取り巻く数字は、手首で始まってTシャツの短い袖へと消えていた。3・141592653589793……「円周率です」彼女は言う。「ここではけっして変化しないんです。法則もけっして変化しないんですよ、教授。ヴェリット。ここでの物理学はとにかく原因と結果で、月は予定どおりに軌道を描いて地球をまわるんです。事前にいつが何年になるかわかっているんですよ」

ヴェリットは待った。数十年、個人指導と講義を担当して学んだ技能だ。ジュラットは彼女の最高の学生だった。彼女ならみずから導きだすだろう。

クラリーは話を続けた。「そして、どこにでもカレッジや大学があるんですよ、教授。ヴェリット。わたしはここで数学を学べます。あるいは、どんな学科でも。わたしたちが聞いたこともない科学があるんです」

ヴェリットは待った。

「わたしをウルタールに連れもどすために来たんですか?」クラリーはついに言った。「わたしは絶対に帰りませんけど」

「本当にごめんなさい」ヴェリットは言った。そして、カウチの上で落ち着かずに寝返りを打ち、目覚めかけている小さな神について話をした。もしも彼が起きてクラリー・ジュラットが彼の世界からいなくなっているのを知ったら、彼はウルタールとスカイの谷を滅ぼすだろうと。

「そんなのバカげてます」クラリーは言った。「わたしはあそこでは、なんでもない存在です。ただの大学三年生で」

ヴェリットはクラリーを立たせてドレッサーの鏡の前に連れて行き、鏡に映る若い女を本人の背後からながめた。晴れやか、切れ長の目、細い鼻ときらめくような美しさ。「クラリー、あなたはほかの人々のようではない。自分でもわかるはずよ。ただし、知ったからと言って適切に強みとすることはできないけれど。あなたは神の孫娘なの」

クラリーは首を振った。「いいえ。神なんかいません」

「ここにはいない。でも、むこうにはいる。神、神、神、神ばかりで、ひとり残らず移り気で、ちっぽけで、強力で。あなたのおじいさんもそのひとり」

「じいさんなんか、くたばればいい」クラリー・ジュラットは言った。カレッジの女が口にするには違和感のある言葉だ。「いままでわたしにはなんの関係もなかった人ですよ？　みんな、くたばればいい。帰るもんですか」

ヴェリットは待った。個人指導中にむずかしい証明をしているとき、集中して内向きになる、クラリーの顔をよぎる表情というものがあった。彼女はいまその表情をしており、ヴェリットは待った。ウルタールの女たち、学生たち、学者たち、フエローたちみんな。テリン・アンゴーリ、ラバ・ハスト、デリスク・オーレ、イエリン・マートヴェイト、グネサ・ペトソ、会計。大学のほかの者たち、彼女の父、ウルタールのそのほかの男女、子供、その先にニルとハテグ、スカイ河流域の緑に輝く平原。

「人生ってこういうものなんですね」クラリーは長引いた沈黙の後に言った。怒りと絶望が混ざったものが彼女の声を満たしている。「嫌なことをするもの。ここに来たら、たぶん違うんだと思ってました。すばらしいことができるだろうって」

「クラリー――」

小さな音でチャイムが三回鳴った。

「呼び鈴です」クラリー・ジュラットが言った。「ピザが」彼女は泣きだし、しばらく泣きやまなかった。結局、ドアを開けて配達員に支払いをしたのはヴェリットだった。

ヴェリット・ボーとクラリー・ジュラットはじっと腰を下ろし、ピザを食べてまずいビールを飲んだ。ほとんど口をきかなかった。クラリーはあきらかに暗いことばかりを考えている——またヴェリットも同様に、こんな探求をした自分を憎んでいた。

だが、クラリーはビールを置くと、かすかにひねくれた笑みを浮かべてついにこう言った。「帰ります。もちろんです。もっと早くこう言うべきでしたよね？ それがウルタールの女のやることでしょ？ 正しいこと。ただし、帰る方法を知らないんですけど」

ヴェリットはゆっくりと言った。「こちら側からならば、それほどむずかしくない。眠るの、それだけ。おじいさんの血があなたを故郷に呼びもどすと思う」

「そして、あなたも一緒ですね」それは質問のようなものだった。

ヴェリットは立ちあがって窓に近づき、夕日の空を見やった。彼女のガグは通りのクラリーの錆びたトヨタの後ろにとめてある。「わたしは帰れない」

背後のクラリーの声は震えていた。驚き、そして怒り。「えっ？　あなたが帰らないのなら、どうしてわたしだけもどらないといけないんですか？」

「帰らないんじゃない。帰れないの。わたしはハテグ＝クラ以来、わかっていた。本当でなければいいと願っていた。でも、この世界に登ってきて――いまでは、それがはっきりした。あなたを探したことで、わたしは神々に目をつけられた。わたしを憎んで、わたしに思い知らせるために神々はウルタールを破壊するでしょう」

彼女は振り返ってクラリーと目を合わせた。「引き返せば殺されるでしょうけど、それで決着がつくのなら帰る。でも、しばらく生かされて、ウルタールが滅ぼされ、燃えるのを見せつけられる可能性が高い。ガラスの平原になるのを」

「神々がそんなことをしますか？」

「するとわかっているでしょう、ジュラット。アイレムのことを思いだして。サルナスのことを思いだして。童謡に歌われたように――サルナス、サルコマンド、ケム、トルディーズ。これが神々のすることよ、破壊するのが」
ヴェリットは背をむけて影がたまる外を見た。「ジュラット、わたしはこれだけの歳月ウルタールで暮らしてきたのに、故郷だと思ったことがなかった。旅の最終地点に過ぎなかった——旅をいつまでも続けることはできないから、旅をやめて、それがたまたまウルタールだったの。そしてもどれなくなったいま、いつのまにか、あそこが故郷になっていたと気づいた」彼女は笑い声だったかもしれないものを吐きだした。

沈黙があった。

「違う」クラリーが永遠に思えるほどの時間を経て言った。彼女の声は変わっていた。鋼鉄のように強い。彼女は窓に歩み寄り、ヴェリットと並んでふたりで一緒に外を見た。マイルズ・シティとその長い影、車を。「わたしを故郷に呼びもどすのは彼の血じゃない——あなたが言うような意味では。神の孫娘ならば、わたしも神なんですよね？　では、わたしはウルタールを救える。世界を変える人というのがいて、世界を変える人を変える人というのもいる。それがあなたです」

この変貌したクラリー・ジュラットの注意力がすべてヴェリット・ボーに注がれているのを見て、ヴェリットはこうして見つめられるストレスで気絶したい衝動と戦った。

クラリーは話を続けた。「神々のいない世界を見たら、そのほうがよかった。あなたはここにとどまり、神のいない生活を送るといいです。わたしはもどって自分の世界を修復する。神々に逆らう方法はあるはず。彼らと戦う方法が。わたしもそのひとりだから。わたしにはやれる」彼女が笑うと、一瞬、まるで小さな家に雷があふれ、この下の地面が揺れたように感じられた。

ヴェリットは後ろへよろめいた。クラリーがくるりと振り返って視線をむけた。彼女の目はキッチンの照明を反射させて炎で満ちたように思えた。「わたしを疑いますか？」

「いいえ」ヴェリットは言った。「いいえ」

ふたりはついに眠りについた。クラリー・ジュラットは小さな寝室で、ヴェリット・ボーはカウチでクラリーがリサイクル・ショップで購入したかぎ針編みの膝掛けにくるまった。ヴェリットは自分が大理石の高台にいることに気づいたが、高台からは暗闇しか見えず、鈴なりになった壺には、埃のにおいがする黒いバラがぎっしり入っている。これらの予兆を読み解く術は知っていた。クラリー・ジュラットは隣にいた。光り輝き、強い意志をもって、美しく、切れ長の獰猛《どうもう》な目をして、髪は燃え立つ王冠だ。ふたりは一緒に七十段の階段を降り、門にむかった。すぐむこうに見えるのは秘密の庭園のような洞窟で、柳のようなキノコや草のような苔が生えていた。そして格子模様の小道にスミレ色のローブを着てスペードの形の黒い豊かなあごひげの男がいた。いまではナシュトとなったレオン・アテスクレだ。

門には鍵がかかり、黄金のように輝いていた。ふたりは鍵をもっていなかったが、クラリーが神の声で言った。「わたしは入る」すると、門は勢いよくひらいた。「神神のいない世界で暮らしてください」彼女はヴェリットに声をかけ、銀色の小道に立った。

「待って――」ヴェリットは突然、あることを思いだした。ポケットを探って、支出をみっしり記録した会計の罫線《けいせん》つきの手帳を取りだした。「都合のいいときに、これをカレッジに返して」彼女はひらいた門越しに手を伸ばし、夢の領域が肌にふれてじんじんするのを感じた。クラリーが手帳を受け取ってからレオンを振り返ると、彼はクラリーの前で膝をついていた。

「膝をつくな」クラリー・ジュラットは大地が割れて星がかたちづくられるような雷鳴を思わせる声で言った。「もう神はいない」

そして、ヴェリット・ボーが目覚めて叫びながら起きあがると、そこはクラリーの家だった場所のカウチの上であり、彼女はひとりだった。

立ちあがると、腰に痛みを感じた。カウチで寝るには歳を取りすぎている。仕上げの終わっていないドレッサーにビール瓶が置かれたままで、白い輪の跡が残っていた。ふたりが眠ったどこかの時点で、鏡が粉々に割れて床一面に散らばっていた。破片のひとつでなにか動くのがちらりと見えたが、それは彼女が伸びをしてあたりを見まわす様子が映っただけだった。

クラリー・ジュラットは消え、すでにこの部屋からは生活というものがなくなって、過去でできた貫けない琥珀に埋めこまれたように見えた。返事がされないテキスト・メッセージ、メイン・ストリートのコーヒー・ショップでの担当する者のいないシフト、失踪届、牽引されるまで錆びていく彼女のトヨタがあることだろう。

それとも、覚醒する世界はクラリー・ジュラットのいた場所をみずから封じなおして、彼女が存在した印も残さないのだろうか？

ヴェリットは外に出た。ドアの横の灌木で鳥が歌い、上空と通りを満たすさえずりのなかで彼女は階段を降りた。ガソリンのきついにおいが隣家の私道からくっきりと漂い、隣人が芝刈り機に赤いポリタンクから給油しており、会釈してきた。光が通りや木や芝や家から燃え立って、すべての頭上では晴れ渡った空が、神はおらず、模様もなく、輝いている。ビュイックは通りのオークの木の下で眠り、背中を丸めて灰色で彼女にとっては美しかった。そしてボンネットには、彫像のようにくっきりとあの小さな黒猫が座り、尻尾を脚に巻きつけていた。雌猫《めすねこ》はヴェリットを目にすると、喉を鳴らして複雑で流れるような動きで立ちあがり、背中を弓なりにそらして脚を伸ばし、尻尾をねじって、ヴェリットがくぼませた手に頭突きしてきた。

「あなたも、とどまる？」彼女は声に出して訊ねた。猫はまたミヤアと鳴いた。

無限に離れた場所で、クラリー・ジュラットは彼女の世界を変えるために七百段の階段を降りて夢の国に入った。そしてヴェリット・ボーは猫を抱きあげ、ビュイックのボンネットに腰を下ろして言った。「さて、わたしたちはこうなった。次はどうする？」

# 謝　辞

いつものように、エリザベス・ボーン、クリス・マキターリック、バーバラ・J・ウェブに感謝を。執筆において励ましてくれたジョナサン・ストラーンと、ジョン・マイヤーズ・マイヤーズの *Silverlock* にも感謝を。そしてもちろん、ラヴクラフトの「未知なるカダスに夢を求めて」に謝意を表さねばならない。十歳で初めて読んだときには、わくわくハラハラする一方で人種差別的な内容に不快感を覚えたものの、女性がまったく不在である点も問題を含んでいるとはまだ意識していなかった。この物語は子供の頃に愛したものに立ち返り、それを大人として意味をもたせられるかどうかやってみた、大人のわたし自身である。

# 解説

渡邊《わたなべ》利道《としみち》

本書は、アメリカの作家キジ・ジョンスン Kij Johnson が二〇一六年に発表した中編小説《ノヴェラ》*The Dream-Quest of Vellitt Boe* の全訳である。原著は Tor.com からペーパーバックと電子書籍で刊行され、世界幻想文学大賞中編部門を受賞するほか、ヒューゴー、ネビュラ、ローカス等のＳＦ／ＦＴの主要アワードでファイナリストに選出されるなど高い評価を受けた。

物語は我々にとっての現実である「覚醒する世界」の者たちが「夢の国」と呼ぶ世界ではじまる。ウルタール女子カレッジの数学教授ヴェリット・ボーは、夜中に突然叩き起こされて、教え子である優等生クラリー・ジュラットが、覚醒《かくせい》する世界からやってきた男（彼らは「夢見る人」と呼ばれる）に誘惑され、夢の国の外側に向かって出奔《しゅっぽん》してしまったと知らされる。クラリーの父親はカレッジの評議員の一人であり、この不品行が知られれば、ただでさえ夢の国では抑圧されている女性たちのカレッジは閉鎖されてしまうかもしれない。かつて広大な夢の国を旅する冒険者だったヴェリットは、夢見る人が夢の国の住人にとってたいそう魅力的に感じられることを知っていた。また、どういう道筋をたどれば覚醒する世界へ行けるのかも知っている。いまや決して若くはない五十五歳のヴェリットは、安住の地と定めたウルタールを離れ、クラリーを追って夜空に星が九十七個しかなく、時系列も空間配置も覚醒する世界とは違い、乱暴な男たちや凶暴なクリーチャーたちが跋扈《ばっこ》する夢の国をふたたび旅することになる。どうやら気まぐれでついてきたらしい小さな黒猫を道連れに……というもの。

ウルタール、という地名で気づく人もいるかもしれないが、本作はアメリカの作家H・P・ラヴクラフトの書いた〈ドリーム・サイクル〉と言われる一連の作品群、とくに短編「ウルタールの猫」と、中編「未知なるカダスを夢に求めて」を下敷きにしている。ラヴクラフトは、太古に地球を支配していたが現在は眠りに就いている「旧支配者（「邪神」とか「大いなる古きものども」などとも呼ばれる）」が、現代に蘇るという共通のモチーフで書かれた作品群を、友人の作家や愛読者たちとの交流を通して〈クトゥルー神話〉と呼ばれる創作神話に結実させたことで有名だが、〈ドリーム・サイクル〉は主に作家活動の初期に執筆されたもので、論者によっては神話体系に加えない場合もある少し毛色の違った作品群である。地球の生物たちが見る夢の深層に「夢の国」dream lands と呼ばれる異世界が広がっていて、ごく一部の人だけが夢の中でその世界を訪れることができる、というもので、アイルランド人の幻想作家ダンセイニ卿《きょう》の強い影響を受けて執筆された、後年の怪奇色の強い作品群とは異なる幻想物語風の作品が多いことで知られている。中でも「夢見る人」ランドルフ・カーターが登場する「未知なるカダス～」は、それまでのラヴクラフト作品の中でもっとも長い小説であり、傑作「ピックマンのモデル」の登場人物が出てくるなど初期の集大成的作品といえる。〈クトゥルー神話〉はラヴクラフトの死後にもえんえんと複数の作家たちに書き継がれるのみならず、映画やコミック、ゲームなどにも世界を広げていったが、〈ドリーム・サイクル〉も同様にこの世界につながる多数の作品が存在し、近年日本に翻訳紹介されたものではかのロジャー・ゼラズニイによる『虚《うつ》ろなる十月の夜に』（森瀬繚《もりせりよう》訳・竹書房文庫）がある。

本作の作者キジ・ジョンスンもラヴクラフト作品の愛読者だったそうである。ラヴクラフト作品には、夙《つと》に人種差別的な表現と女性の不在という問題が指摘されてきた。謝辞にあるように、本作は、子どもの頃に愛したものに立ち返り、大人として意味を持たせられるかという試みであるらしい。

実際本作では、執筆時の作者とほぼ同年齢である五十五歳のヴェリットが、過去の自分の旅と重ね合わせながら、夢の国を経巡《へめぐ》っていく。その情景描写はつねに彼女の心象と絡み合って、幻想的で繊細な美しさと不穏な恐ろしさに満ちている（ことに航海の場面の美しさは絶品だ）。それは同時に、「未知なるカダス～」をはじめとする〈ドリーム・サイクル〉のいくつかの場面やエピソードの記憶を喚起するものでもあって、読者はヴェリットの回想とともにみずからの読書体験の想起も味わうことになる。もちろん本作はそれ自体独立した物語で、ラヴクラフト作品を未読でも十分楽しめるものだが、このシンクロする感覚には捨てがたい魅力があるので、本作を読んで気に入った方は、「未知なるカダス～」が未読ならば是非目を通して、それからふたたび本作を読み直してみてほしい。ラヴクラフトの作品に比べて本作は非常に明朗で爽やかな旅と冒険の小説だが、そこに込められた作者の積年の思いを感じとることができるはずだ。

また、フランスの作家ミシェル・ウエルベックが指摘するようにラヴクラフトの作品には女性の他にも金銭の不在という特徴があって、それを意識したのかどうかわからないが、ヴェリットが旅立つときに、学生監のグネサが彼女の旅のために必要な経費を充当するための手筈《てはず》を整え、それが小説の中でたびたび言及されるのも、夢の国に、大人の読者を納得させるためのリアリティを付与する細部となっている。

また、これまでの作者の作品同様、動物や不思議な生き物の丁寧な描写も健在だ。ナイトゴーント（夜鬼）やグール（食屍鬼）など、〈クトゥルー神話〉でお馴染《なじ》みの恐ろしいクリーチャーたちも生き生きと描かれている。

そしていうまでもなく、こうした幻想世界の冒険小説にはあまり見られない、年齢を重ねた女性の視点による旅の物語には独特の魅力がある。すでに若くはない、ということは、同じ道のりを歩いても疲労度が違う、また異性から見られるときの意味が違う、ということだ。若い異性が好意的な態度で接してくれても、かつてのように異性として魅力的に感じているからではなく、率直に尊敬の眼差しを向けてくれることはありがたいのだが、しかしそれは寂しくもある。また、昔の恋人たちを思う場面もある。彼らにとって自分はなんでもない存在であり、あくまでも彼らが夢中になっていたのは自分自身の物語であって、若いヴェリットはそうした男たちの傍《かたわら》で無益な人生を送ることを肯《がえん》じなかった。それは五十五歳のいまになっても決して変わらないが、しかし、現在では彼らだって彼女を手に入れたいと欲することはないだろう——その選択肢の喪失に感じる痛みと、それらの負の感情をすっぱり断ち切って前へ進んでいく精神的な強さが、自分自身の意志で生きることの本質的な爽快感を付与している。悲しみがないわけではない、しかしそれを受け入れた上で、自分にとってもっとも大切なことを保持し続ける。ヴェリットには子どももおらず、旅の中でその孤独は際立っていくのだが、それがむしろ未来への希望として美しく光り輝いたものに見えるようになっていくのは、まさにファンタジー小説の魔法というべきかもしれない。

最後に作者について。キジ・ジョンスンは一九六〇年アイオワ州生まれ。八八年のデビュー以来、三つの長編と、五十以上の中短編を発表している。そのうちのいくつかはヒューゴー、ネビュラ、世界幻想文学大賞などの賞に輝き、それらの作品の一部は二〇一四年に東京創元社から刊行された日本オリジナル編集の中短編集『霧に橋を架ける』に収録された(一六年に創元SF文庫で文庫化)。作者の経歴について詳しくは『霧に橋を架ける』の解説を参照してほしい。

キジは、ホームページにある"Where Kij comes from, and why I want you to stop asking not just me, but anyone, about their names."という文章で、その一風変わった名前について、生まれたときに両親から Katherine Irenae Johnson と名付

けられたのだが、ケイティなどのキャサリンの愛称を好まなかった母親が娘のことを手紙に書くときにイニシャルを使っていたのがきっかけでキジという名前で呼ばれるようになったらしいと述べている。自分自身、学校に通う前からキャサリンという名前は大嫌いで、入学してからもずっとキジで押し通し、現在もキジであり、これからもキジであり続ける、と。さらには、変わった名前と思われるせいで、よく人から「本名は?」と質問されるのだが、誰かの名前について質問することは、親しみを感じてのこととしても侵略的な行為であり、トランスジェンダーの男性に「以前の」名前を聞いたり、移民の男性に「本当の」名前を聞いたりすることと同じで、どんな意味であれ、アイデンティティーに対する攻撃であって、失礼で、人を傷つけることもあるのだ、と指摘している。この、自分自身であることを何よりも大切に考える姿勢は、本作でも一貫した精神的態度であるといえるだろう。

なお、キジは現在、ジュラットという名前の猫と一緒に暮らしているそうで、もちろん本作に登場する猫は素晴らしく可愛らしい。

検印
廃止

**訳者紹介** 1965年福岡県生まれ。西南学院大学文学部外国語科卒。主な訳書にパウエル『ガンメタル・ゴースト』『ウォーシップ・ガール』、ジョンスン『霧に橋を架ける』、カー『テニスコートの殺人』『曲がった蝶番』ほか多数。

猫の街から世界を夢見る

2021年6月30日　初版

著者　キジ・ジョンスン

訳者　三《み》角《すみ》和《かず》代《よ》

発行所　（株）東京創元社
代表者　渋谷健太郎

162-0814/東京都新宿区新小川町1-5
電話　03・3268・8231-営業部
03・3268・8204-編集部
URL　http://www.tsogen.co.jp
フォレスト・本間製本



ISBN978-4-488-76402-9　C0197

P·K·ディック、D·R·クーンツ他
影が行く
ホラーSF傑作選